夢に会えたら
むすめ髪結い夢暦

倉本由布

集英社文庫

目次

一　八百屋お里世　7
二　夢に会えたら　88
三　火の華　181
解説　末國善己　285

夢に会えたら　むすめ髪結い夢暦

一　八百屋お里世

一

年が明けて、卯野《うの》は十七歳になった。

髪結いの仕事はそれなりに順調で、

『お江戸の娘たちの恋を叶《かな》える、むすめ髪結いお卯野』

と呼ばれるのにも慣れてきた。

卯野に髪結いを頼んでくる客は、やはり若い娘たちがほとんどだ。皆がみんな、叶えたい恋を抱えているというわけではなく、単純に卯野の腕を気に入り贔屓《ひいき》にしてくれる客も増えてきた。

今日の客は神田須田町《かんだすだちょう》にある青物問屋の娘で、十六歳の里世《りよ》。初めて呼ばれて、風呂敷に包んだ髪結い道具を手にやって来た。途中、日本橋《にほんばし》を渡るとき、いつものくせでついつい、きれいな女たちの後ろ姿に見惚《みと》れてしまい、止まりそうになる自分の足を諫《いさ》めながら。

「お卯野さんて、もともとは武家のお嬢さんだったのですってね」

里世は、率直にものを言う少女だ。黒目がちの大きな目で、臆さず真っすぐこちらを見つめてくる。美人とは言えない顔だちだが、ふんわりと丸い頬、いつも笑っている口もとなど、愛嬌《あいきょう》のある娘だった。

髪の質は、太くてかたくて真っすぐ。まとめにくくて、卯野は先ほどから苦労しているところだ。

「はい、そうです」

卯野は、耳の横の髪を束ね、ぎゅっと引っぱりながら頷《うなず》いた。里世の頭が、つられて持ち上がり、横に傾《かし》いだ。

「八丁堀《はっちょうぼり》の与力の家に生まれたんです」

「お兄さまの濡《ぬ》れ衣《ぎぬ》のこと、聞いているわ。ひどい話ね」

心から憤ってくれているらしい里世に、卯野は苦笑いを返した。

「もう、過ぎたことですから」

卯野の兄・浅岡周太郎《あさおかしゅうたろう》は、濡れ衣であることが明白だった付け火の罪を負わされることに抗議して、自害している。

兄夫婦には、まだ子どもがいなかった。卯野が養子を迎えて家を継ぐこともできたのだが、残された母と卯野は、浅岡家を畳み、武家の身分を捨てることを選んだ。以来、日本橋呉服町《ごふくちょう》の長屋に母の八重《やえ》とふたりで暮らしている。

「いかがでしょう」

最後に赤い珊瑚《さんご》の簪《かんざし》を挿し、手鏡を渡しながら、卯野は訊《たず》ねた。

里世は、右を向いたり左を向いたり、手鏡の角度を変えながら、髪結いの出来を確かめている。卯野にとっては、緊張する時間だ。気に入ってもらえたかどうか――。

「うん。きれいだわ」

里世は、にっこりと笑った。

「評判どおりの腕前ねえ」

「ありがとうございます」

ホッとして、卯野は使った櫛《くし》をまとめ、片づけを始めた。

「こんなにきれいにしてもらえたら、本当に、どんな恋でも叶うんじゃないかって自信がわいてくる」

「里世さんも、どなたか想《おも》う方がおられるのかしら」

たわむれのつもりで訊ねてみると、里世は、ふふふと含み笑いをしてみせた。どうやら、図星であるらしい。

「この髪がこんなにきれいなうちに、あのひとに見てもらえたらいいんだけどな」

瞳をきらきらと輝かせ、里世はまた鏡をのぞき込んだ。

「願いが叶うと――」

いいですねえ――卯野が、そう言いかけたとき、ふいに半鐘が鳴り始めた。

火事を知らせる合図である半鐘は、打ち方によって火元が遠いか近いかがわかる。今、聞こえるのは二度打ちの繰り返しで、火元が近いわけではないものの火消の出動が必要だと告げている。

しかし、卯野の耳の中では、五度も六度も連打されているかのように、もっと大きくうるさく鳴り響くのだ。

「火事かしら」

里世が顔を上げた。

「……いやだわ」

卯野は、口の中に溜《た》まった苦いものを吐き出すように、呟《つぶや》いた。

すると、ふいに里世が、手鏡を投げ捨てて立ち上がった。

「ねえ、お卯野さん、ちょっと来て」

卯野の手を取り、走り出す。

通りに出ると、ちょうど、人々がわらわらと集まり始めているところだった。

この辺りは、青物問屋の集まる市場になっている。大根をくくり付けた馬を曳《ひ》く足を止め、心配げに立ち話をする者。店から飛び出し、興奮した様子で、火事はどこだと駆けてゆく子ども。騒然とする中に、卯野は無理やり連れ出された。

「来るわ」

里世が、抑えた声で言った。その目の先は、南へ進めば日本橋へと続く通りの向こうに据えられている。

「ほら、来るよ」

すぐそばで、わっと子どもの歓声が上がった。

やって来るのは、火消の一団だ。紺の腹掛けに火事羽織という姿で、威勢よく駆けてくる。

卯野の手首を握る里世の手に、ぐっと力が込められた。

「ほら見て」

誇らしげに、火消たちの先頭を走る男を示した。纏持《まといも》ちだ。

纏持ちは火消の中でも花形で、もっとも勇敢でもっとも力持ちでもっとも威勢がよく、もっとも信頼されている男がまかされる。火事場では、火が迫りくる風下の家の屋根にのぼり、纏を大きく振って仲間たちを鼓舞するのだ。纏持ちは、鎮火するまで纏を振りつづける。火が消えず、その家まで燃えてしまうと、纏持ちのいのちも危ない。それでも臆さぬ男だけが選ばれるのだから、纏持ちは、とにかくもてる。

「あれが、あたしの好きなひと」

口もとに笑みを浮かべ、里世は呟いた。

ちょうど、纏持ちが卯野たちの目の前を駆けていった。

なるほどこの男なら——と、卯野は胸の内で納得した。

役者にしたいような、色男だ。華のある整った顔だちに、纏持ちをまかされるほどの逞《たくま》しい体。まわりを見れば、里世だけでなく多くの女たちがその男に見惚れている。

「すてきなひとねえ」

卯野が言うと、里世は、幸せそうに頷いた。

「与三郎《よさぶろう》ほどのいい男なんて、どこにもいやしないわ」

しかし、それには卯野は答えなかった。少なくともおなじくらいとは言えそうな、いい男を、他に知っているからだ。

「あたしたちも行きましょうよ」

里世は、火消たちについて火事場へ行こうと卯野を誘った。与三郎というらしいあの纏持ちの仕事ぶりを見に行きたいのだろう。けれども卯野は、きっぱりと断った。

「ごめんなさい。まだ仕事がありますし——、それに私、火事は嫌いなんです」

途端に里世は、はっとした顔になる。卯野の兄のことを思い出したようだ。

「あたしこそ、ごめんなさい。なんて気が利かないいんだろう」

「いいえ、いいんです」

「そうだ、お代がまだだった。でも、あたし――」

遠ざかってゆく火消たちの背と、卯野との間で忙《せわ》しなく目を動かし、里世は困り果てている。

「お代なら、お店の方にお願いしますから。追いかけていらしたらいいわ。でも気をつけてくださいね。遠くから見るだけにして」

卯野は、ついそんな言葉をつけ足した。この様子では、纏持ちが立つ家の真下まで近寄り、うっとり屋根を見上げてしまうのではないかと心配になったのだ。

「わかってます。――あ、この髪、本当にすてきだわ。またきっとお願いしますね。今日は、ありがとうございました」

走り出しながらも律儀に何度も頭を下げて、里世は、好きなひとの背を一心に追いかけていった。

無事に鎮火するよう願いながら、住まいに戻る。腰高障子《こしだかしょうじ》を開き、土間に踏み入りながら、

「ただいま戻りました」

いつものように声をかけると、客がいた。

「あら――、ごめんなさい、こんなに長居をするつもりではなかったんだけど」

うつむき、ぼそぼそと言うその女は、袋物を扱う叶屋《かのうや》のお針子のひとりで、お梶《かじ》という。

「そろそろお暇《いとま》します」

お梶は、広げていた布や、針などの裁縫道具を、あたふたとしまい始めた。

「私のことはお気になさらないでくださいな」

卯野は、框《かまち》を上がりながら微笑《ほほえ》んだ。

「明日の仕事の準備がありますから、しばらく上に籠《こ》もります」

会釈をしながらお梶の前を通り過ぎ、階段に向かった。

実を言えば別に明日の準備など何もないのだが、気をつかったのだ。卯野がいるとお梶は緊張するのか、そわそわしだした挙句に帰ってしまうから。

八重は今、叶屋から仕立て仕事をもらい、毎日せっせと針を動かしている。以前は、時間つぶしのように縫いものをしていた八重だが、今は生き生きと道具を広げ、針を動かし、この仕事を楽しんでいる。

お梶とは、叶屋へ仕上がったものを納めに行ったとき、たまたま一緒になり、知り合ったようだ。同じ歳《とし》だったこともあり、何度か顔を合わせるうちに親しくなった。

叶屋のお針子には、八重たちのように自宅で仕事をする者と、用意されている仕事場に通っている者がいるのだが、八重は自宅での仕事を選んだ。八丁堀の奥方だった人が、他のお針子たちとがやがや仕事をするのはきついだろうとの、叶屋の配慮もあった。

お梶も、自宅で仕事をしている。お梶の場合は、性格的に大勢の中に入って仕事をするのが合わないからなのではないかと思われる。物静かで人見知りをする女だ。他人と関わるのが嫌いなようにも見えた。

そんなお梶が、八重には心を開いたようで、時折こうして針仕事を習いに来たり、おしゃべりを楽しみに来たりするようになった。

八重にとっては、八丁堀を出て以来、初めての友だちだ。娘としては、母が楽しんでいる時間を邪魔したくない。

ところがお梶は、帰り支度をやめない。八重に別れを告げ、卯野には会釈をし、そそくさと帰ってゆく。

「ごめんなさい、お邪魔をして……」

卯野が謝ると、残念そうではありつつも八重は鷹揚《おうよう》に微笑み、いいえと首を振った。

火事の、火元は湯屋だったという。その湯屋が丸焼けになり、三軒先まで類焼したところで火消たちが火を食い止めた。

翌日、八丁堀の武井《たけい》家に出かけてその話をしたところ、仲よしの花絵《はなえ》が、

「火消の与三郎って、きっとあれね。よ組の纏持ちの与三郎」

と教えてくれた。

花絵は、袋物を扱う大店《おおだな》、叶屋の娘で、武井家には行儀見習いに来ている。卯野も一時期、こちらに奉公していたことがあり、仲よくなった。華やかな美人で、少々わがままではあるものの、明るい花絵のことが、卯野は大好きだ。

実は、花絵の出生には事情があるのだと、先日、知ったばかりで、卯野は心配もしているのだが、当の本人は悩みを抱えているような素ぶりも見せない。

「花絵さんもご存知なくらい、有名なひとなのね」

「お卯野さんも、見たならそれがなぜなのかはわかるでしょ」

確かに、いい男だった。それが火消の花形、纏持ちだというのだから、娘たちの噂《うわさ》の的にならないわけがない。

卯野は、おおいに頷きながら茶碗《ちゃわん》を口に運んだ。

奥の座敷で、火鉢にあたりながら、のんびりと茶を飲み煎餅《せんべい》をいただいている。

行儀見習いとはいえ、花絵は武井家に奉公している身なのだから、本来はこのように遊んでいてはいけないはずなのだ。ところが近ごろは、卯野が来ているときだけは、ど

こからも小言が飛んでこなくなっている。

「兄上、お卯野さんたちはきっとこちらですよ」

廊下の向こうから、元気な足音とにぎやかな男の子の声が聞こえてきた。

卯野は思わず腰を浮かし、閉じられた障子へと目をやった。

虎之介《とらのすけ》と新太郎《しんたろう》だ。真っすぐに駆けてくる新太郎の後ろから、ゆったりと虎之介がついて来る姿が目に浮かぶ。

すぐに障子が開かれ、元気よく新太郎が駆けこんできた。

「ほら、ここでしたよ」

得意げな新太郎の後ろから、虎之介も顔をのぞかせた。

「虎之介さま」

名を呼ぶと、自然に笑みが口もとに浮かぶ。

「よう。向こうで、卯野が来ていると千鶴《ちづる》から聞いたんだ」

「お出かけでしたのね」

「新太郎と一緒にな」

「お煎餅だ。どちらのですか」

新太郎が卯野の隣にちょこんと座り、菓子の盛られた鉢をのぞき込んだ。

「紅屋さんとやらだそうですよ。千鶴お嬢さんが、茅場町《かやばちょう》で見つけたちいさなお店ですって」

花絵が、新太郎に煎餅を勧めた。新太郎は行儀よく煎餅を取ると、豪快な音をたてながら旨《うま》そうに食べ始めた。

武井家の子どもたちは、虎之介を頭に、千鶴、新太郎の三人きょうだいだ。しかし、虎之介だけが養子である。

「今日は、仕事はねぇのか」

訊ねながら、卯野の頭のすぐ上から、虎之介も菓子鉢をのぞき込んだ。あまりにも近いところから虎之介の声が降って来て、卯野はなぜか慌ててしまった。

「いえ、ひとつ済ませてきたところなんです」

早口で、なんとか答えた。

「今、お卯野さんの昨日の仕事の話を聞いていたんですよ」

花絵は、虎之介にも煎餅を勧めながら脇に寄り、場所を譲った。

「なんだ、何か面白いことでもあったのか」

虎之介は、卯野の隣に腰を下ろしながら訊ねた。

「いえ、昨日のお客さまの恋のお話をしていただけです」

「お相手は、火消なんですって。虎之介さまはご存知ですか、よ組の与三郎さんていう纏持ち」

「よ組の与三郎……語呂がいいな」

煎餅を右手に、虎之介は笑い声を上げた。

しかし、虎之介は与三郎を知らないという。

「娘たちの間では、ちょっと知られたいい男なのよ」

花絵が、にんまりと笑った。

「いい男で、町火消の纏持ち。なるほどな」

江戸には、三つの火消の組織がある。

城や武家の屋敷を火事から守るため、選ばれた大名が率いる大名火消。江戸の町を守るため、幕府が旗本に命じて組織した定火消《じょうびけし》。そして、町人たちによる消火組織が、町火消だ。

町火消は、大川の西に、いろは四十八組。東の本所・深川に十六組。全部で六十四の組がある。それぞれ、受け持ちの町から選ばれた男たちから成る。その多くが鳶《とび》だ。費用はすべて町で負担する、町の者による自衛の組織である。

「そういえば兄上も、火消になると言って家出しようとしたことがありましたね」

新太郎が、いたずらな目で兄を見上げながら言った。

「虎之介さまが、ですか」

卯野と花絵が、揃《そろ》って驚きの声を上げた。

「昔の話だよ。おまえ、よく覚えていたな」

「絶対に嫌だと言って泣き喚《わめ》いたのを覚えているんです」

新太郎が、まだ幼いころの話で、大好きな兄が家を出て恐ろしい火事の現場に行こうとしているらしいと知り、泣いてそれを阻止したのだという。

「臥煙《がえん》になるのもいいかなと、ちょっと思っただけだ」

定火消に属する、火消たちのことである。

火消役の旗本に与えられた火消屋敷の中の、臥煙部屋に常に寝泊まりし、火事が起きたと知らせがあれば飛び出してゆく。町に出て乱暴を働いたり、商家にいちゃもんをつけて嫌がらせをしたりと、いわゆるならず者の集団でもある。しかし、町火消たちとおなじく火事場での姿は威勢よく、粋で男振りがよく、あこがれの存在でもあった。

「見てみたかった気もするわ、臥煙になった虎之介さま」

花絵が、ふふっと笑った。

「私はいやです」

卯野が、すぐに嚙《か》みついた。

「見たくないわ、そんな危ないことをする虎之介さま」

卯野が、あまりに真剣に見つめながらそう言うので、虎之介は苦笑した。

「ちょっと思っただけだと言ったろう。結局、新太郎の泣き落としに簡単に負けるほどの思いつきでしかなかったということだ」

「でも」

と卯野は言い募ろうとしたのだが、虎之介の目にどこか寂しげな陰があることに気づき、口を閉じた。

定火消は幕府の組織であるため、臥煙の中には、旗本の次男や三男もいる。自分の行くべき場所も、そこにあると虎之介は考えたのだろうか。

虎之介は、ここ武井家の後継となるべく養子に来たのだが、のちに実子の新太郎が生まれ、本人曰《いわ》く、その立場は、『冷や飯食いの次男坊』に変わってしまった。

いろいろと思うことはあるだろうに胸の内を見せることは決してなく、日々、のんびりと生きている。しかし、臥煙になろうと考えたというその騒動には、虎之介の思いが、ちらりと見えるような気がした。

虎之介のほうは、卯野の戸惑いを、別の意味に受け取ったようだ。

「悪かったな、火事の話はもうやめよう。それより昨日のおまえの仕事の話を――ああ、その話をすると火事の話に戻っちまうのか」

大袈裟《おおげさ》に嘆いてみせる。

卯野の火事嫌いを思いやってくれたのだ。そのやさしさが嬉《うれ》しく、あたたかく、卯野は自然に笑顔になった。

そのあとは新太郎が、今朝《けさ》は虎之介と一緒に道場に出かけ、手ほどきを受けてきたのだと言い出し、稽古の様子を話しはじめた。

「道場での兄上は鬼ですよ」

容赦なく打ち込まれ、後ずさるしかなく、追いつめられた果てに、みじめにも友だちの膝に座り込むことになってしまった——そんな話を、面白おかしく披露した。合間に、虎之介が絶妙な間合いで茶々を入れる。

ふたりに大笑いさせてもらい、楽しい時間を過ごしたのだが、やがて卯野は障子越しに、外の陽《ひ》が傾きはじめていることに気がついた。

「もう帰らないと。お母さまが心配する」

「送ろう」

立ち上がる卯野を見上げ、虎之介が言った。

「いいえ、ひとりで平気です」

「冬の陽は、落ちるのが早い。帰りつく前に真っ暗になるぞ」

「でも、虎之介さまがお戻りになるころには、もっと暗くなってしまう」

「いいじゃないの」

花絵が、にっこりと笑った。

「送っていただきなさいよ。本当に、すぐに真っ暗になって危ないわよ」

虎之介は、あっという間に立ち上がり、障子を開いている。

「行くぞ」

さっさと歩き出すので、卯野は慌てて後を追った。花絵もそれに続き、廊下を行きながら、卯野の耳にそっと囁《ささや》く。

「お卯野さんて、可愛《かわい》いわ」

「え、何が」

「虎之介さまがいるだけで、にこにこになるの」

そのまま卯野を追い抜いて、

「あ、お留《とめ》さん、お卯野さんはお帰りだから、あたしも台所を手伝います」

女中のお留の姿を見つけると、そう言って走り出す。お留からは、

「もういりませんよ、今ごろ来ても邪魔なだけです」

非情な声が返ってくる。

卯野は立ち止まり、今、花絵に何を言われたのかを考えた。

虎之介がいるだけで、にこにこになる――確かにそうだ。なぜなら、虎之介がいると楽しいから、安心するから、嬉しいから。

「おい、早く来い」

なかなか来ない卯野に焦《じ》れたようで、虎之介が叫んでいる。

その声を聞いただけで、卯野は、やはり笑顔になった。

「すぐに行きます」

それから里世は、卯野に髪結いを頼んでくれるようになった。はじめは喜んでいたのだが、あまりにも頻繁なので、卯野は首をかしげるようにもなり始めた。昨日、頼まれたのにまた今日も——といった日が何度もつづくという具合なのである。

「ねえ、あたしきれいかしら」

熱心に鏡をのぞき込みながら、里世は言う。

「おきれいですよ」

と卯野は答える。

「そうかしら。でも、ちょっと地味じゃないかしら。鹿の子《かこ》を二色にしたらどうかしら。簪も、もっと大きくて花がたくさんついたものがあるでしょう、それを使ってみて」

今度は卯野は何も答えず、里世が示す箱の中の簪を見た。

どこで見つけて来たのか、吉原《よしわら》の花魁《おいらん》が挿していそうな簪だ。髷《まげ》を覆うような形になっており、小さな珊瑚をたくさん集めて作った花の間を、銀細工の蝶《ちょう》が何匹も飛んでいる。しかも、髪がすべて隠れるほどの大きさなのだ。まるで、頭の上に花畑をのせているかのように見えてしまう。

卯野は、大きな目が印象的な里世の顔だちを生かそうと、飾りは控えめなものでまとめていた。今のままで里世は充分きれいだし、十六歳らしいさわやかさを引き出せていると思う。

けれども里世は、もっと派手に、もっともっと飾りをたくさん、と頼んでくる。

「私は、このままでよろしいかと思いますが……」

「あたしはいやなの」

里世は、子どもが泣きべそをかくときのように、くちびるを尖《とが》らせた。

「これじゃ、目立てないわ。与三郎の目に留まらないわ。あたし、また無視されてしまう」

「そのお気持ち、わからないわけではないけれど……」

なんと答えたらよいものか。

黙り込むしかなく、卯野は、鏡の中の里世を見つめつつ困り果ててしまった。

しばらくのちに、派手な簪を手に取って、里世の頭にのせてみる。

「いかがでしょう、ごちゃごちゃしすぎると思いませんか」

里世は、真剣に自分の様子を吟味している。やがて、絶望したように呟いた。

「あたし、似合ってないわ」

「今のままのほうが、きっと与三郎さんも気に入ると思いますよ」

「それはないわ。与三郎のそばにいる女たちは、みんな粋で派手で色っぽくて。あたしとは正反対の女ばかり」

「そのひとたちと同じになったら、逆に目立てないじゃありませんか」

卯野が言うと、すこし心が動いたようだ。

「……そうね。いいわ、このまま進めてくださいな」

卯野は頷き、手早く里世の髪を仕上げた。

すっかりおとなしくなった里世は、いいとも悪いとも言わず、仕上がった髪の様子を確かめている。

「ねえ、お卯野さん」

ぽつりと、里世は言った。

「お卯野さん、八百屋お七《しち》って知ってるかしら」

「もちろん、知っていますよ」

物語や芝居で語られている、恋物語の主人公だ。百五十年ほど前に生きていた、実在の娘でもある。

大火で焼け出されたお七は、家族と共に避難した寺で、寺小姓と恋に落ちる。しかし自宅が建て直され、寺を去るしかなくなると、恋人とは会えなくなった。会いたい、恋しいと思いつめたお七は、また火事が起きればあのひとに会えるはず――愚かな思いつきから、自宅に火を付けてしまうのだ。さいわい、小火《ぼや》で済んだが、付け火は大罪。捕えられたお七は、鈴ヶ森《すずがもり》の刑場で火あぶりとなった。

「お七はなぜ、そんな罪を犯すところまで自分を追いつめてしまったのか――あたし、わからないではないわ」

里世は、手鏡を持ったままの手を膝に置き、鏡の柄《え》をぎゅっと握りしめた。

「火事になれば、あのひとに会える――」

夢を見るような甘い呟きでありながら、どこか悲愴《ひそう》な声でもあった。

里世にとっての〝あのひと〟は、もちろん火消の与三郎だ。

里世は、お七の恋に自分の恋を重ねている。火事、そして家の商いがおなじ――共通点を見つけ出してはいくつも並べ、そのうち、すっかりその気になっていく……。

卯野もおなじ年ごろだから、里世の気持ちはよくわかる。けれどもやはり、付け火の関わる話をするのは気が重いなあ――と、胸の内でだけ呟いた。今は仕事中だ。〝お江戸の娘たちの恋を叶える、むすめ髪結い〟が、客の恋に水をさすようなことを口にするわけにはいかない。

「あ、でもあたし、お七の真似《まね》をしようなんて思ってはいませんからね」

ふいに、里世は明るい声でそう言った。

「真似って……」

「いくら与三郎の顔を見たくっても、付け火なんてしませんよってこと」

「当たり前です」

真剣に頷く卯野に、里世は、けらけらと笑いながら手鏡を渡した。


「これから白屋さんの髪結いなんです」

そう言って微笑み、卯野は、すぐそこに見えている八《や》ツ小路《こうじ》に向かって歩いて行った。

八ツ小路は、明暦の大火のあとに作られた火除地《ひよけち》のひとつで、火事が出たときその火が広がってゆかないようにするための空き地だ。その向こうに神田川が流れている。白屋は川を渡った先、神田佐久間町《さくまちょう》にある。

卯野を見送ったあと、里世は、顔に貼りつけていた笑いを消した。

今日も、卯野にきれいにしてもらえた。挿してほしかった簪は使ってもらえなかったが、評判の髪結いである卯野が、

『このほうがきれい』

というのだから、今のこの髪が一番いいのだろう。

卯野の腕は気に入っている。

恋を叶える髪結いだという噂が流れ始めたときから、気になっていたのだ。実際、卯

野に髪を結ってもらった娘たちから話を聞き、その髪を見て、絶対、自分も結ってもらおうと決めた。伝手《つて》を頼って連絡がついたときは有頂天になった。

これで、あたしもきれいになれる。与三郎が、またあたしを見てくれるようになる。

けれども、そう簡単にはいかなかった。

卯野の後ろ姿を、里世はじっと見つめている。

卯野の髪結いを信頼できるのには、卯野自身の髪がいつもとてもきれいだから、という理由もある。髪結いの中には、お客よりきれいに装って自分のほうが目立ってはいけないとでも思っているのかと邪推したくなるほど、地味な女がいたりする。けれども卯野は、さりげないながらもなにか一点、印象的な飾りがあったり、髷に、見たこともないようなくふうがされていたりする。それを褒めたとき、

『私はとにかく髪結いが大好きなんですよ』

と目を輝かせていた。

練習や研究のためだけでなく、とにかく好きだし、自分もきれいでありたいからと、暇があれば鏡台の前に座り、髪を解《ほど》いたり結ったりを繰り返しているのだそうだ。

『時には、夜中までああでもないこうでもないと唸《うな》っていて、母に呆《あき》れられることもありますよ』

それほど髪結いが好きという卯野の情熱は、里世が与三郎を想う気持ちとおなじくら

い熱いのだろうか。

今日の卯野は、鹿の子ではなく、紅で染めた梅柄の小紋を手絡《てがら》にして飾っている。こうして遠くから見ると、淡い紅一色の布のようだが、近くで見せてもらったら、満開の小さな梅がたくさん並んでいた。

ああいうものを私も欲しい、どこで手に入るものなのか、聞いてみなければ——そう思っているうちに、卯野の姿は人ごみに紛れて消えた。

自分も家に戻ろうと振り向いたとき、目の端に、見たくてたまらない顔がよぎるのに気づいた。

あわててそちらを見る。その瞬間、目が合ったはずだ。けれども無情にそらされた。

与三郎がいた。

与三郎は、鳶だ。蠟燭屋《ろうそくや》の三河屋《みかわや》に抱えられている鳶のひとりで、ふだんは店の雑用をしたり、よ組が受け持つ町の者たちから頼まれてどぶさらいなどの掃除もしたり、ならず者が暴れていればその騒ぎをおさめに行ったりもする。

見た目も中身も、とにかく男振りがいい。与三郎にあこがれる娘を何人も知っている。けれども当の与三郎は、乳くさいそんな娘たちには見向きもしない。三味線の師匠をしている後家だの、大店の主人の妾《めかけ》だの、訳ありの女たちとばかり浮名を流している。その女たちは皆もれなく、艶のある美人で、粋で、遊び上手。

それでも里世は、ただひたすらに与三郎を想っていた。

この気持ちがいつから胸の中にあるものか、今ではもう覚えていない。

里世は、目をそらされたことなど気にもせず、与三郎の姿をじっと見つめた。

与三郎は、ひとりだった。寒そうに肩をすくめて歩いていた。歩いてゆく方向から思うに、三河屋へ戻るところなのに違いない。どこかで仕事をして来た帰りかもしれない。

確かに目は合ったはずだ。しかし、与三郎は里世を無視した。

もっときれいにならなければ。与三郎の目を留めさせなければ。

明日もまた卯野に来てもらおう。

くちびるを噛みながら、里世は与三郎の背中が消えてゆくのを見守った。

二

「おや、また出かけるのですか」

糸を通したばかりの針を手に、八重が卯野を見上げた。

仕事を終え、戻ったばかりのところだ。

今日も、里世の髪を結いに出かけた。

毎日のように呼んでくれるのは嬉しいのだが、里世はとにかく髪結いに熱心で、あれこれと注文を出してくる。しかも、昨日は派手にと言ったかと思うと今日は落ち着いたふうにしてくれと言う、そんな調子で、大変なのだ。

それでも今日の里世は、

『与三郎が、あたしの髪に目を留めてくれたのよ。そのおかげで、昨日はあのひとと目が合ったの』

と無邪気に喜んでいた。その顔を見るだけで、卯野も嬉しくなった。

とはいえ、やはり疲れた。とりあえず腰を下ろし、すこし気持ちを整える。そののち熱い茶を一杯、飲んだだけで、立ち上がったのだった。

「武井さまのお屋敷にまいります。花絵さんから呼び出されたの」

「花絵さん……。なんだか随分と長い間、顔を見ていない気がするわ。このところはいつも、卯野があちらへ伺ってばかりね」

たまにはこちらに来てもらいなさいな――と、八重が拗《す》ねたように言うのがおかしくて、卯野は笑った。

確かに最近は、花絵がこちらに訪ねてくることはない。いつも、卯野が武井家に出向くのだ。卯野はそれを楽しんでいるのだが、置いてきぼりばかりの八重としては、なんとなくつまらなく思っていたらしい。

「そうね。そう伝えてきますね」

卯野は、すこしの銭を入れた巾着と筥迫《はこせこ》を手に、土間に降りた。

筥迫は、懐紙や櫛を入れるためのものだ。髪結いで稼いだ銭をすこし使い、たまには贅沢《ぜいたく》をしてみようと、叶屋で求めたのだった。紅色の地に霰《あられ》の小紋。地味ながらも可愛らしいのが気に入っている。

そしてこの巾着は、叶屋で出た端ぎれで作ったものだ。小紋や縞《しま》、格子柄などをはぎ合わせて一枚の布にし、巾着に仕立てた。どこにも売っていない、手作りならではの品だった。

「では、行ってまいります」

「夕餉《ゆうげ》までには戻れますか」

「はい」

「これを仕上げて――」

と、八重は膝にある更紗《さらさ》を目で示した。鏡入れに仕立てる布だ。

「私が支度をしておきましょうね」

仕事があるのに八重に家事をまかせて出かけるのは心苦しいが、実は卯野も、遊ぶためにに武井家へ行くわけではないのだ。

「ねえ、こんな感じ……、どうかしら」

卯野が武井家の奥座敷に顔を出すと、花絵はすでに、色とりどりの端ぎれを部屋いっぱいに並べていた。その真ん中に座る花絵はまるで、色彩の海に浮かぶ花のように艶《あで》やかで愛らしい。

「すごいわ。こんなにたくさん」

卯野は、端ぎれの中に飛び込むかのように前のめりになりながら、腰を下ろした。

「こんなにたくさん何に使うんだ、って、お義兄《にい》さんに妙な顔をされたけど、いらないものなんだからいいでしょ、って言い返してきたわ」

ふふん、と鼻を鳴らすと、花のような愛らしさが一転、わがまま娘の素顔が出る。花絵はどうやら、姉の夫である惣三郎《そうざぶろう》と、あまり仲がよくないらしい。

それでも花絵が叶屋に戻り、このたくさんの端ぎれをもらってきたのは、商いのためである。

卯野と花絵、ふたりで、新しい商いを考えているのだ。

ことの発端は、母が捨てようとしていた端ぎれを気に入り、手絡に仕立ててみたことだった。早速、それを髪に飾り、武井家を訪ねたところ、

『あら、いいじゃない』

花絵が、すぐに目を留めた。そして思いついたのだ。

『ねえ、売り物にならないかしら、それ』

叶屋で売るものに仕立てられるのではないだろうか、というのだ。

しかし、叶屋は袋物を商う店だ。こういった髪飾りは、ふつう、小間物屋《こまものや》にある。

小間物屋といえば、白屋。神田佐久間町にある白屋のお内儀《かみ》は、花絵の実母であるという。

白屋さんに置いていただいたほうが――とは言い出せず、卯野は、その言葉を飲み込んだ。

叶屋の袋物は、仕立ての良さや使い勝手の良さ、そしておしゃれできれいな品が多いと、女たちに評判なのだ。こういった飾りも一緒に並べておけば、袋物を求めに来た客が、ついでに買っていってくれるかもしれない。

『面白い思いつきねえ』

卯野が褒めると、花絵は勢いづいた。

『お卯野さんが髪結いのお客さんに勧めて歩いたら、きっと売れるわ。恋を叶える髪結いさんが勧める髪飾り――恋の叶う髪飾り。売れないわけがない』

それは確かに、いい宣伝になる。

卯野を〝お江戸の娘たちの恋を叶える、むすめ髪結い〟に仕立てたことといい、この思いつきといい、花絵は意外に、商いというものへの関心が強いらしい。

感心しつつ、そう言うと、

『当たり前よ。あたしはこれでも、大店、叶屋の娘なんですからね』

鼻を天井に向け、うそぶいた。

そんなわけで、ふたりは、叶屋から端ぎれをたっぷりともらってくることにしたのだった。

「まずは、いくつかお試しの品を作って、お姉さんに見てもらいましょう」

「そうね。難しい縫いものではないから、花絵さんのお針仕事のお稽古にもなるわね」

「あらやだ、仕立てるのはお卯野さんよ。あたしが縫ったら、売れないわ」

恥じる様子もなく、花絵は言った。

「確かにそうね」

苦笑しながら卯野が頷いても、花絵は、けろりとしている。本人も認めるほどに、花絵の縫いものの腕は、ひどいのだ。

ふたりは、それぞれ気になる端ぎれを取り上げては、あれこれ意見を出し合った。

模様を生かして一枚で仕立てるもの。似たような色彩、柄の三枚を使い、おとなしめに仕立てるもの。色も柄もまるで違う二枚を使い、大胆な印象に仕立てるもの。あらゆる年齢、髪型、ただきれいになりたいだけか、誰かに見せたいのか、その誰かとは誰なのか——様々に想像し、ふたりは布の海の中で夢中になった。

途中、武井家の人々が顔を出した。

まずは奥方の美津《みつ》がやって来て、興味深げにふたりのやりとりを聞いていたが、やがて飽きたのかいなくなった。

次には女中のお留が、

「お茶ですよ」

と、やって来て、勝手な意見を並べては花絵に却下され、気分を害したと怒ってみせながら、いなくなった。

しばらくして、ふらりと千鶴が現れた。

武井家の長女の千鶴は、食べることが大好きな娘だ。ただ食べるだけでなく、江戸中のうまいものを売る店を知っているのではないかと言われるほどだし、料理本の収集家でもある。ふっくらとした体型の、おおらかな娘だが、博識で頭の回転もよい。自分の意見は隠さず、臆さず、はっきりと口にする。

今日も、

「花絵さん、その唐桟《とうざん》と更紗の組み合わせは、にぎやかなだけで逆に地味になっているわ」

入って来るなり、立ったまま、花絵の手にある端ぎれを指さした。しかし、花絵の答えが欲しいわけではないようで、すぐに笑顔で、

「おなかがすいたでしょう」

稲荷《いなり》ずしののった皿を掲げてみせた。

「ふたりががんばっていると聞いたから、ちょっと行って買ってきたのよ」

ということは、千鶴おすすめの稲荷に違いない。

礼を言うふたりに頷いてみせ、千鶴は出ていった。

「ひと息いれましょう」

手をつけないまま冷めてしまった茶と、この稲荷ずしで休憩ということになった。

茶碗を片手に、それでも花絵は、もう片方の手で端ぎれの海をかき回している。

卯野は稲荷を手に取って、ふと呟いた。

「今日は、虎之介さまはお留守なのかしら」

卯野がいれば必ず、虎之介は顔を見せてくれるのに。

「そういえば、お留守ねえ。たぶん、ゆうべお出かけになってから戻っていらっしゃらないはず」

「どちらへお出かけになったのかしら」

卯野は、そわそわと訊ねた。

ゆうべから、ということは、どこかに泊まったということだ。それがどこであれ、卯野の知らない場所だろうし、誰かの家であっても、それは卯野の知らない人だ。

そう考えると、落ち着かない気持ちになる。

「さあ、あたしは知らない」

花絵が、ふいに顔を上げた。持っていた端ぎれを、ぽいと放り出す。

「どちらへお出かけなのか、お卯野さん、気になるのかしら」

「ええ、もちろん」

「あら、どうして〝もちろん〟なの」

訊ねられ、卯野は戸惑う。

「いつものことでしょ、虎之介さまが一晩――いいえ、二晩も三晩も戻らずにお留守をなさるなんて」

「それは、そうだけど」

「虎之介さまがいらっしゃらなくても別にいいでしょう、お卯野さんは、あたしに会いにいらしてるのだし。それとも何か、虎之介さまにご用事でもおありですか」

「……ありません」

即答する卯野の目を、花絵はのぞき込み、

「でも、寂しいのね」

にやりと笑った。

「寂しい……、そうねえ」

卯野は、しみじみと頷いた。そのとおりだ。確かに寂しい。

虎之介は、いるだけでその場が華やぎ、楽しくなるひとなのだ。この屋敷に虎之介がいるのといないのとでは、卯野の気持ちの弾み方が、まるきり違う。

「あたしは別に、虎之介さまがいらっしゃらなくても寂しくもなんともありませんけどね」

唸るように、花絵は言った。

「それは、花絵さんが、おなじお屋敷で毎日、一緒に暮らしているからだわ」

そう言いながら、なぜか卯野の胸の隅が、ちくりと痛んだ。

卯野だって、この屋敷に奉公していたころは毎日、虎之介と一緒だったのに。

花絵に対する嫉妬めいたものが、痛んだ場所から、じわりと胸にしみてくる。

ふと見ると、花絵が、じっと卯野の目をのぞき込んでいた。

「なあに」

卯野は眉をひそめる。

「あたしの見立てが間違っていなければ――」

花絵が言いかけた、ちょうどそこへ、表のほうでにぎやかな声が上がるのが聞こえてきた。

「兄上、お帰りなさい」

新太郎が走って迎えに出たらしい、元気な足音も伝わってくる。

「虎之介さまだわ」

卯野は腰を浮かした。

「私たちも、お迎えにまいりましょう」

花絵の返事は待たず、立ち上がっている。

「そうねえ、まいりましょ」

花絵が答えたころにはもう、卯野は座敷を飛び出していた。


卯野が自宅に戻ると、隣のお蔦《つた》の家の前に人だかりが出来ていた。足を止め、様子をうかがう。長屋の女たちばかりが、五、六人も集まっているようだ。お蔦が卯野に気がつき、声をかけてきた。お蔦は江戸で一番とも言われるほど評判の髪結いで、卯野の師匠ともいうべき存在だ。

「お帰りなさい、お嬢さん」

お蔦は今もまだ、卯野を〝お嬢さん〟と呼ぶ。

何か意味があってのことなのだろうか。やはり、一人前の髪結いとして認められていないからなのだろうか。つい、いろいろと邪推してしまう。いつになったら名前で呼んでもらえるようになるのだろう。

卯野としては様々、思うところがあるのだが、最近は、もしかしたら特別な意味などないのではないかとも思い始めた。

出会ったとき、卯野はまだ〝八丁堀のお嬢さん〟で、武家の娘だった。はじめに〝お嬢さん〟と呼んだから、ただ習慣で今もそう呼び続けているだけなのではないか。

「うるさくしていて、申し訳ありませんねえ」

「いえ、何かあったのですか」

「うちの雨戸が壊れちまったの」

お蔦は、戸口を指さした。

すると、女たちの背の間から、何か作業をしている男の姿が見えた。

「仕事に行った先で、直してもらえそうなひとにちょうど会ったもんだから、来てもらったんですけどねえ」

お蔦は、苦笑いをしながら女たちを顎《あご》で示す。

「よ組の与三さんが来たっていうんで、みんなが集まって来ちゃって」

「よ組の与三さん――与三郎さん」

卯野は思わず、驚きの声を上げた。

「あら、お嬢さんまで知ってるの、与三さんのこと」

「知っているというほどではないのですけど――」

当の与三郎がすぐそばにいるところで、里世の片想いの話をするわけにはいかず、卯野は言葉を濁した。

「さすが、与三さんね」

お蔦は、卯野も色男の評判には詳しいのかと思ったらしく、にやにやと笑った。

「お蔦さんは、与三郎さんとお知り合いだったのですか」

「いいえ、前々から話に聞いてはいたけれど、会ったのは今日が初めて」

それでもすぐに打ち解けて、壊れた雨戸の修理を頼むことのできる、お蔦の気さくさが卯野は大好きだ。

「お嬢さんは、仕事帰りですか」

「いいえ、武井さまのお屋敷にお邪魔しておりました」

「ああ、虎之介さまに会いに行ったのね」

お蔦がそう言うので、卯野はびっくりした。

「いえ、花絵さんに会いに行ったんですよ」

「へえ――、なんだ、そうなの。あのお嬢さんも、遊んでばかりで困ったものね。お嬢さん、花絵さんのわがままにつきあうことはないのよ」

「遊びに行ったのではないんです」

卯野は、厳かに言った。

「ああ、花絵さんの髪結いね」

「違いますよ」

「あら、じゃあなんなの」

「今はまだ秘密です」

すまし顔の卯野に、お蔦は「ふうん」と唸り、

「それはそれは。いつか明かされるのが楽しみね」

ふん、と笑った。そこで、並んでいた女たちの背中の列が割れた。

「終わりましたよ」

さっと道をあけた女たちの向こうから、道具を手にした与三郎が現れた。

「あら、ありがとう」

「具合を確かめてもらえるかい」

言われて、お蔦は、修理された雨戸を何度か開け閉めしている。

「うん。いいね」

「ずっと建てつけが悪いまんまだったんじゃねぇか。それを無理して引き出したりしまったりしていたんだろう」

「よくわかるわね」

「乱暴に扱うから壊れるんだ」

無愛想に言い、与三郎はさっさと帰り支度を始めている。

卯野は、その姿をじっと見た。

これが、里世の好きなひと。先日、火事場へ急ぐ姿を見ただけではわからなかった人となりが読み解けるだろうかと、見つめる。

与三郎は、どんな女を好むのだろう。里世がいつも言うような、派手な装いの女が好みだろうか。それとも本当は違うのだろうか。

何かわかれば、里世の髪結いに生かせるかもしれない。

すると卯野の視線に気づいたのか、与三郎が、ふとこちらを見た。

無造作な仕草だが、まるで艶のある流し目を向けられたかのようで、思わずときめいてしまう。

与三郎は、胡散臭《うさんくさ》そうに眉をひそめ、そのまま卯野から目をそらした。

「じゃ、帰《け》えるよ」

「待って、お代を今……」

「いらねぇ」

そのまま、すたすたと去ってゆく。

木戸の向こうに姿が消えると、集まっていた女たちの間から、ため息がもれた。

「噂どおりのいい男だねえ」

感じ入ったように呟くのは豆腐売りの女房おせきで、他の女たちもそれに頷いている。

おせきが、

「〝いらねぇ〟」

と、与三郎の口調を真似してみせ、

「こうだったよね、こう――ちらっとだけお蔦さんを振り向いて、くちびるの端を上げるの。でも目は笑っていないんだよ」

他の女が、そのときの与三郎の仕草を真似てみせる。そのまま、若い娘たちのように盛り上がっている様子が微笑ましい。

その輪には加わらず、卯野はお蔦に言った。

「実は、私のお客さんの片想いのお相手が、与三郎さんなんです」

「ああ、それで知っていたのね」

「はい」

「与三さんに恋い焦がれる娘さんが、恋を叶える髪結いさんに願いを託した――ってことか」

「まさに〝恋い焦がれる〟という様子で……。私の髪結いが、お役に立てるといいのですけれど」

「無理でしょう」

お蔦は、肩をすくめて言い捨てた。

「小娘の手に負えるような男じゃないもの」

おそらく、お蔦の言うとおりだろう。

それでも卯野は、なんとか里世の恋の手助けをしたいと思う。

次に呼ばれたときには、里世の希望を取り入れて、すこし派手に結ってみるのもいいかもしれない。

やがて、おせきたちはまだ興奮した様子で騒ぎながらも、それぞれ自分の用事に戻っていった。

「さ、あたしも戻って少し休むわ」

お蔦は、置きっぱなしになっていた道具箱を取り上げた。

お蔦の道具箱は、卯野のあこがれの品だ。

鏡台を小ぶりにした大きさで、三段の抽斗《ひきだし》がついており、その表板には、桜、牡丹《ぼたん》、撫子《なでしこ》と花の文様《もんよう》が彫られている。

お蔦は、どこへ仕事に行くにもこの道具箱を持ち歩いているのだ。手に馴染《なじ》んだ自分の道具以外では、どうも良い仕事ができないのだと言っていた。

あの抽斗の中には、お蔦の秘密が、何か隠れているに違いない。お蔦が女たちをきれいにし、うっとりとさせる秘密の何か。

中にあるものをゆっくりと見せてもらいたいと思っているのだが、まだその機会がない。

「私も戻ります」

「お嬢さんと花絵さんの秘密、教えてもらえるのを楽しみにしているわ」

私のほうこそ、その道具箱の秘密を知りたい——そう思いつつ、卯野は微笑み、頷いた。

一日置いてまた、卯野は里世に呼ばれた。

急に使いが来たので、他の仕事が入っており、昼ちかくにならないとうかがえませんと伝えたのだが、それでいいという。

卯野は早速、与三郎を間近に見て思ったことをあれこれ思い出しつつ、里世の髪を結うことにした。

「おととい、私のお隣さんのお蔦さんのところに、与三郎さんがみえましたよ」

まとめた前髪を後ろに引っぱりながら、卯野は鏡の中の里世と目を合わせた。

「どうしてお蔦さんのところに与三郎が」

里世は、目を見開いた。

「壊れた雨戸の修理を頼んだのですって。仕事の先で、ちょうど会ったのだそうですよ」

「誰のところ……、お染《そめ》さんかしら」

里世は、暗い声で呟いた。

「そうかもしれない。あの人、お蔦さんのお客だそうだから」

里世の様子から察するに、お染というのは与三郎の女のひとりなのかもしれない。

けれども卯野は、それは聞き流して髪結いを続けた。

「今日は、すこし派手にしてみましょうか」

「あら、どうしたの。いつもだったら、あたしがお願いしても聞き入れてくれないのに」

「与三郎さんを間近で見て、ああいう男の人が好む女の人というのはどういうふうかしらと考えたんです」

「ね、与三郎を見ればわかるでしょう、あのひとの隣に立つのは艶やかで色っぽい、いい女なのよ。残念ながら、あたしはそうじゃないから、せめて髪を艶やかにして目立ちたいのよ」

「お里世さんが満足されるほどには派手にしませんよ」

卯野は、釘《くぎ》を刺した。里世が早速、髪に挿したら重すぎて首が垂れてしまうのではないかと思われるほど、たっぷりと鎖がついた、びらびら簪を箱から取り上げようとしたからだ。

「この簪はだめかしら」

「簪ではなく、手絡を派手にしてみませんか」

と、ゆうべ縫っておいた手絡を取り出してみせた。

藍《あい》の地に蝶が羽ばたく様子を描いた端ぎれで作った。髷に掛けたとき、うまく蝶の文様が出て映えるよう、太めにするなど、いろいろくふうしてみたものだ。

「きれい」

里世は、目を輝かせた。

「お卯野さん、いつも変わった手絡を掛けているでしょう。これも、おなじところで求めたものかしら。あたしも欲しいと思っていたの。ねえ、どこへ行けば手に入るの」

「これは、私の手作りなんです」

「手作り」

里世は、蝶の手絡を手に取り、しげしげとながめた。

「私の仲よしに、叶屋さんのお嬢さんがいらして。母が叶屋さんのお針をさせていただいていることもありまして」

叶屋から端ぎれをもらい、作ってみたのだ――と、卯野は、内心では緊張しながらもさりげなく説明した。

江戸の娘たちに、この手絡を知ってもらうための第一歩だ。

「叶屋さんの端ぎれ。いいわねえ、叶屋さんの袋物は大好き。つい先日、お父《とっ》つぁんに頼んで巾着を買ってもらったばかりよ」

飾ってみると、まるで里世の髪に蝶が止まったかのように見えて愛らしい。さらに、深紅の珊瑚の簪を手絡よりも斜め上に挿し、蝶が太陽をめざして舞っているかのように見えるくふうもしてみた。

銀細工の蝶がついた簪もきれいだが、里世には、控えめながらも印象的な飾りのほうがよく似合う。

里世は、おおいに満足してくれたようだ。

「この手絡は、おいくらですか」

「いえ、それは売りものではないんです。差し上げます」

「そんなわけにはいかないわ。ちゃんと値をつけてくださいな。あたし、買います。友だちにも宣伝する。きっと、みんな欲しがるわよ」

卯野は、なんと答えようかと戸惑った。今日はまだ、この手絡のお代までもらうつもりはなかったのだ。

けれども里世は、きっぱりと、もらうわけにはいかないと言い張る。ならば、この流れに乗るべきだろうと判断し、卯野は、ありがたくお代をいただくことにした。しかし、髪結い代とは別にしておく。これは、花絵との商いの品なのだから。

「ありがとう」

里世は、うっとりと微笑んだ。

「この髪が崩れないうちに、与三郎に見てもらわなくちゃ」

与三郎にこの髪を見てもらえるまでは、髪を解かない、お卯野さんを呼ばない――里世は、そう決めた。

卯野を見送り、そのあと、こっそり家を出る。

今日は、与三郎はどこにいるだろう。

里世は、大根を積んだ大八車をよけながら、通りにさまよい出た。

里世が生まれ育ったこの神田須田町は、青物商の集まる町だ。やっちゃ場と呼ばれ、通り沿いには青物問屋ばかりがずらりと軒を連ねている。

その中でも、里世の家・宗屋《むねや》は、とりわけ多くの小売商人を抱える大店だった。里世は、家の中でも町に出ても、お姫さまのように扱われ、苦労することも不自由することもない毎日を送ってきた。

しかしずっと、幸せではなかった。

昔――まだとても幼かったころには、今思い出しても心の中が、誇らしい輝きで満ち溢《あふ》れるほどに幸せだったこともあるのだけれど。

あの幸せを取り戻したい。

里世は、与三郎を捜して、ふらふらと歩き続けた。

どこにもいない。

この前、与三郎の姿をたっぷりと見られたのはいつだったろう。——そう、卯野に髪を結ってもらったあと半鐘が鳴り始めた、あのときだ。

火事場に向かう与三郎、火事場で纏を振る与三郎、けがひとつせず見事に役目を終えてみせた与三郎。よ組の火消たちがひき上げてゆくまでずっとその場に居続けた里世は、たっぷりと与三郎を堪能《たんのう》したのだった。

与三郎に会えたという卯野が、うらやましい。なぜ、卯野が会えて里世は会えないのだろう。また火事でも起きなければ、会えないのだろうか。

日本橋へ向かってゆく。途中、知り合いに声をかけられ、愛想よく答えはしたが、自分が何を言ったのか、その人と別れるとすぐに忘れてしまった。

鍛冶町《かじちょう》を通り抜けた辺りで、鎌倉河岸《かまくらがし》のほうへ曲がった。この先の永富町《ながとみちょう》に、与三郎の住まいがある。無意識に、そこへ向かおうとしていたらしい。ところが、表通りの魚屋の前で、ふいに与三郎と鉢合わせしてしまった。

里世は驚き、足を止めた。このひとを捜しに来ていたはずなのに、会えたら驚いてしまう自分に、びっくりしてもいた。

会えた。会えてしまった。

里世は、じっと与三郎の顔を見た。

与三郎はひとりではなかった。隣に、見知らぬ女が寄り添っていた。いかにも与三郎が好みそうな女だった。派手な顔だち、派手な装い、とびきりの美人だが、品はない。

まず、女がこちらを見、つづいて与三郎も里世に気づいた。

里世は、与三郎を見る目に力を込めた。

女が、与三郎の肩先をつつく。里世に目をくれて、何か言ってもいるようだが、よく聞こえない。女の口の端に嘲笑が浮かんでいるところをみると、またあんたに見惚れている子がいるわよと、面白がってでもいるのだろう。

里世は、ただひたすらに与三郎を見つめた。

女は、里世の様子にただならぬものを感じたようだ。一度は行き過ぎたものの、立ち止まり、こちらを振り向いた。

しかし、与三郎は止まらない。決してこちらを見ようとはしない。女は、与三郎の背と里世の顔を交互に見ながら戸惑っている。

「待って」

里世は唸った。

「待ちなさいよ」

少し、声を張ってつづけた。

女が眉をひそめながら、止まるよう与三郎に呼びかけている。

与三郎は、ゆっくりと立ち止まった。といっても、振り向きはしない。

「なぜ逃げるの」

里世は、与三郎の背に問いかける。

「あたしを見なさい」

与三郎の背は動かない。

「なぜ、見ないの。なぜ、あたしから逃げるの」

胸を張り、真っすぐな言葉で、里世は訊ねる。

与三郎が、振り向いた。その目は里世を映しているが、まったくの無表情だ。

「逃げないで」

里世は、必死に訴えた。

「お願い、もうあたしから逃げたりしないで」

与三郎は、無表情のままだった。しかし、しっかりと里世に目を合わせている。

熱い目と冷めた目で見つめ合うふたりを、間に立った女が、おろおろと見比べている。

やがて、与三郎が里世から目をそらし、背を向けた。悠々と去ってゆく与三郎を、小走りに女が追う。

通り過ぎる者たちが、気の毒そうに里世を見ていた。こっそりと指さし、ひそひそと、

「宗屋のお嬢さん……」

と、連れに囁いている女もいる。

周りの目など気にもせず堂々と、里世は、与三郎たちとは反対のほうへと歩き出した。家に帰るには反対方向になってしまうのだが、与三郎の後を追うかのような誤解を受ける道を選ぶつもりはない。回り道をしてもいい。

里世は、興奮していた。

会えた。そして、言いたかった言葉を突きつけることができた。

今はまだこれでいい。満足だ。

やがて、里世は小走りになった。その顔には、あふれんばかりの笑みが浮かんでいた。

三

「あの手絡が売れたですって」

花絵は、興奮して声を上げた。

卯野は、宗屋から直接、武井家に出向いてこのことを報告したのだった。

「驚いたわ。そんなつもりはなかったのに」

「でしょう。差し上げるつもりだったのにね」

卯野は、手絡のお代を取り出し、てのひらに乗せてみせた。

「これが、いただいたお代」

「あたしたちの、はじめての稼ぎだわ」

花絵は、大事そうに銭を撫《な》でた。

といっても、二文。穴の開いた銭がふたつ。里世の、付け値だ。

これがあの手絡の価値に見合った値でないのは、わかっていた。安すぎる。いきなりのことで、商いなどまるで知らない卯野に適切な値をつけられるわけはないし、世間知らずなお嬢さんの里世もおなじ。

それでもとにかく、ふたりにとっては嬉しい〝はじめての稼ぎ〟なのだ。

花絵が、さっと立ち上がる。

「お卯野さん、今すぐ、叶屋に行きましょう」

「え、何をしに」

驚く卯野の手を引っぱり立ち上がらせ、花絵は、その手を痛いほど握りしめる。

「お姉さんに見てもらうのよ。お義兄さんにも見せてやるわ、あたしのくふうが、どれほどすごいものなのか」

「お義兄さんに見せつけたいだけ……だったりしないわよね」

卯野は、それが心配で眉をひそめた。義理の兄・惣三郎への対抗心だけで動こうとしているのなら問題だ。

「ま、それもあるわね」

花絵は素直に認めた上で、

「でもそれだけではないわ。それ以上に、あたしたちのくふうが商いとして通用するかどうか、お姉さんに見てもらいたいの。通用するならこれはいくらくらいで売れるものなのか、そういったことも見てもらいましょう」

目を輝かせた。

「あたしだって叶屋の娘なんですからね。できる、というところを認めてもらいたいわ」

花絵は、今までに卯野が作って置いておいたいくつかの手絡をさっと風呂敷に包んだ。それを左手で抱え、右手で卯野の手を引き、勇んで歩き出す。

玄関へ向かう途中の廊下で、虎之介と行き合った。しかし、卯野が「あ」と声を上げても、花絵は虎之介など目にも入っていない様子で、小走りに先を急ぐ。

「おーい」

虎之介が声をかけてきても、花絵は振り向かない。

仕方なく、卯野は虎之介に目で謝った。虎之介は、わけがわからないながらも、猛進してゆく花絵に苦笑し、卯野には笑いかけてくれた。

久しぶりに会えたのに——。

がっかりしつつも卯野は、花絵との商いのほうが大事と、気持ちを改めた。


叶屋は、今日も大変な繁盛ぶりだった。

たくさんの生地を広げてもらい、楽しげに店の者とおしゃべりをする母娘がいる。娘の手にあるのは鏡入れだ。それを見本に、好みの生地や根付《ねつけ》、飾りを選んで仕立ててもらうのだろう。母娘の横で卯野も、きれいに並べられた根付に目を奪われていた。

花絵が、帳場にいた男に訊ねた。

「お姉さんに用事なのよ。いらっしゃるかしら」

「おや、花絵お嬢さん」

男はまず驚き、それから声をひそめた。

「いつもの、奥のお部屋に……」

「そう。ありがと」

男の言葉を最後まで聞きもせず、花絵は草履を脱ぎ捨て、店先から上がり込む。さっと暖簾《のれん》を分けながら奥へ入っていったかと思うと、すぐに顔を出し、

「お卯野さんもいらっしゃいな」

卯野を手招きした。帳場の男に目をやると、愛想よく頷いてくれたので、頷き返してから卯野も花絵の後を追った。

「おやまあ、花絵お嬢さんじゃありませんか」

「武井さまのお屋敷から、逃げ帰ってこられたんですか」

途中、行き合う奉公人たちが、からかいの声をかけてくる。

花絵は、いちいちそちらへ振り向いて、

「誰が逃げ出したりするもんですか。あたしを見くびってると、あとでびっくりするわよ」

ふん、と鼻を鳴らしてみせる。そして、母屋の最奥にある部屋に向かった。

卯野も遅れずついていったが、紹介される前に勝手に入っていくのは無礼と思い、まずは襖《ふすま》の前で立ち止まり、膝をつき、中の様子をうかがった。

裏庭に面して、丸い大きな明かり取りの窓が切られた部屋である。真ん中に床がのべられて、花絵の姉・お絲《いと》が寝ていた。

花絵を迎えると、お絲は弱々しく微笑み、起き上がろうとした。するとすかさず、控えていた夫の惣三郎が背を支えて助けた。

「何かあったの、花絵」

お絲は病弱で、やせ細った女だ。解いた髪が肩に掛かっているのだが、乾いて艶がなく、くもの糸のように細い。

「お姉さん……」

呟きながら花絵は、座り込んだ。惣三郎がいるのとは反対側から、姉の顔をのぞき込む。

「具合はどうなの。ひどく悪いの」

「いいえ、ゆうべから少し熱があるだけ」

少しどころか、お絲の顔色はひどく悪く、今もまだ熱が高いのではないかと思われる。

花絵は、泣き出しそうな顔になった。

「ちゃんと、おとなしく寝ていたのでしょうね。起き出して店に出たりなんか、していないわね」

「はいはい、寝ていましたよ。大した熱ではないのよ。いつものこと」

「お姉さんに何かあったら、武井家まですぐ使いの者を寄こしてね。絶対よ」

目を上げ、惣三郎を睨《にら》んでみせる。

「もちろんだ。わかっているよ」

惣三郎は、花絵が睨もうが凄《すご》もうがまったく気にせず、微笑んだ。

威嚇のつもりの睨みが通じず、花絵は、頬をふくらませて不貞腐《ふてくさ》れた。

叶屋はお絲と花絵の姉妹ふたりきりで男の子がなく、ふたりの父親である先代が亡くなったあと、お絲が惣三郎を婿に迎えて継いでいる。

お絲は商いにとても熱心で、親の代より店は大きくなったという。女たちに狙いを絞り、皆の喜ぶきれいなもの、きれいなだけでなく使い勝手のいいもの、と、お絲の選んだ品を揃えたのが当たったのだった。

花絵とは十も歳が離れている。母親も花絵が幼いころに亡くなっており、お絲が母の代わりだったと、いつだったか話してくれたことがあった。

「それで花絵は何をしに来たんだ」

惣三郎は訊ねながら首を回し、卯野を見た。

卯野は丁寧に頭を下げた。きちんと正座し、襖の外から、中の様子を見ていた。

「いやだわ、そんなところに隠れてないで、お卯野さんもいらっしゃいよ」

花絵が招いた。

「あなたが、お卯野さんなのね」

お絲が微笑む。

はかなげなやさしさを向けられて、嬉しいながらも、卯野の胸はせつなく痛んだ。

「ここのところ花絵は、こちらに戻るたびにあなたのお話ばかりしていますよ。髪結いのお仕事はいかがですか」

「はい」

答えながら、卯野は中へ躙《にじ》って入った。

「花絵さんのおかげで、少しずつ声をかけていただけるようになりました」

「あら、お卯野さんの腕がいいのよ。あたしの友だちの間でも、とにかく評判の髪結いさんよ」

「だから、花絵さんのおかげですってば。花絵さんが〝恋を叶える髪結い〟だと、評判を広めてくれたから」

互いを褒め合い、くすくす笑い合うふたりに、お絲はまた微笑んだ。妹が楽しげにしているのを見るのが嬉しいようだ。

武井家の皆の様子などもひとしきり訊ねたあと、お絲は改めて訊ねた。

「で、花絵、今日はなぜ帰ってきたの」

「そう、それなんです」

花絵は大きく頷き、大事に抱えていた風呂敷包みを自分の前に置いた。うやうやしく、それを開き、卯野手作りの手絡をお絲に披露する。

隣で卯野は、緊張していた。お絲は、なんと言うだろう。

「あたしとお卯野さん、ふたりで、この手絡を商いしたいと思っているの」

「うちの端ぎれで作ったのね」

「端ぎれの中でも、特別に目を引く文様の部分が残っているものがあるでしょう。それを使ったり、色合いのいい小紋を使ったり」

「叶屋に置いてほしいということかしら」

お絲の声に、急に張りが出て、卯野は驚いた。

お絲は、花絵に向けて、てのひらを差し出した。その腕の伸ばし方にも、力がある。

先ほどまでの弱々しさは、かき消えている。

花絵はそこに、手絡をひとつのせた。

お絲が、更紗の手絡を、目をすがめつつじっくりとながめた。

「それはもちろんお願いしたいの。でもその前にお卯野さんが、髪結いのときに娘さんたちに勧めてみたらどうかと思って」

そして、娘たちの口から口へと広まってゆけば――。

隣から、卯野も言葉を添えた。

「実は今日、宗屋さん――やっちゃ場の宗屋さんのお嬢さんの髪結いで、使ってみたんです。差し上げるつもりでお見せしたのですけど、お代をくださって……」

「いくら、いただいてきたの」

お絲の、厳しい目が卯野をとらえた。

「二文です」

「二文。たったの二文……」

お絲は、呆れたように目を見開いた。

「安すぎる」

そう言われるのはわかっていたことなのだが、卯野は、お絲の厳しいまなざしを前に、すっかり縮み上がってしまった。

「お団子一串より安いじゃないの。簡単に手に入る安っぽいものに思われてしまうような値をつけては、だめ。そうねえ……」

真剣な目で、お絲は考え込んだ。

「三十文、いただいてみましょうか」

「え、そんなに」

卯野と花絵は揃って声を上げ、戸惑った。

「少なくとも、蕎麦《そば》よりは高い値をつけたいわ。三十……、二十四……」

呟きつつ、考えをめぐらせている。

こうして商いのことを考えているときのお絲は、床の中でぐったりしているのとは別人のようになる。

瞳は常にきらきらと輝き、病弱だろうが痩せていようが気持ちは決してか弱くないのだと伝えてくるのだ。

卯野は、自分の中で、お絲への尊敬と信頼が生まれるのを感じていた。このひとの助言があれば、花絵との商いもうまくいくような気がする。

花絵もおなじように思ったのだろう、いつも以上に饒舌《じょうぜつ》になり、考えているくふうのあれこれを自慢げに話しはじめたところ、お絲の厳しい言葉が飛んだ。

「この手絡そのものは、大して目新しい商いというわけでもありませんよ」

浮かれるな、と花絵を諫める。

「でも、〝恋を叶える髪結い〟のお卯野さんが勧める品だというところが大事。実際にお卯野さんがお客の髪に使ってみせて……ただ使うだけでなく、お卯野さんならではの、ひとくふうも添えてみせる。そうして、この手絡とお卯野さんの髪結い、ふたつをひとつとして江戸の娘さんたちのあこがれに仕立てる」

卯野も花絵も、神妙にお絲の話を聞いていた。

「お卯野さんを〝お江戸の娘たちの恋を叶える髪結い〟に仕立てたからといって、この手絡も〝恋の叶う手絡〟だなんていって売り出そうとしてはいけませんよ」

「あら、なぜですか」

がっかりしたように、花絵が問うた。おそらく、そのつもりでいたのだろう。

「自分から言い出してはだめ。自然と、その声が上がるように仕向けるの」

「なるほど」

「だからお卯野さんも、今まで以上に心を込めて、娘さんたちの髪を結っていかなくちゃならない。わかりますね」

「はい」

「娘さん向けの袋物と、手絡の柄を合わせてみても面白いわね」

お絲からも、様々なくふうが提案された。

あれこれ話して、卯野も花絵も、今まで以上に心が浮き立ち、やる気が出てきた。

「これ以上、お邪魔して、お姉さんの熱がまた上がってしまってはいけないわね」

やがて花絵が言い出して、卯野とふたり、腰を上げた。

「ちょっとでも具合を悪くしたら、絶対に使いを送ってね。約束よ」

花絵は、姉をやさしく見つめる。けれども、その目をすぐに厳しくし、

「お願いね、お義兄さん」

惣三郎に念押しするのも忘れなかった。

店先に脱ぎっぱなしにした草履は、玄関に回されていた。いつものことなのか、花絵は当然の顔でそちらへ向かう。

導かれるまま花絵の後ろを行く卯野のあとから、惣三郎もついて来た。

花絵は草履に足を入れ、勢いよく振り向くと、惣三郎を睨《ね》めつける。

「じゃ、また来ますから。とにかく、お姉さんの体調のことで、あたしに隠し事などはしないでくださいね」

「もちろんだ。わかっているよ」

惣三郎は苦笑した。そして、

「面白い商いを思いついたね。お絲も楽しんでいるようだし、これでまた少し、元気になりそうだ。ありがとう」

褒められて驚いたのか、花絵は一瞬、目を丸くした。すぐに惣三郎からその目をそらすと、

「……あんたにお礼を言われる筋合いはないわよ」

もごもごと言う。そして、卯野の手首を強く摑《つか》む。

「さ、帰りましょう」

まだ草履を履きかけだった卯野は、倒れそうになりながらも踏みとどまり、花絵が引っぱるのにまかせた。惣三郎には会釈で暇の挨拶をする。

黙ったまま、ぐんぐん歩いて行った花絵は急に立ち止まり、卯野を振り向く。その目はもう、いつもの楽しげなものに戻っている。

「ね、このままお団子でも食べに行きましょうよ」

「なによりも、お卯野さんの髪結いがみんなの心をとらえることこそが、この商いの肝ということなのね」

花絵は、みたらし団子の串の、一番上の団子をぱくりと食べた。

どこへ行こうかとふたりで相談し、はじめは、両国橋のたもとにある店にしようということになった。前に、虎之介に連れていってもらったことのある店だ。あれ以来、何度か、花絵と一緒に出かけている。

しかし、昼過ぎの今からでは時間が遅すぎると気がついて、あきらめることにした。

結局、叶屋の近所の菓子屋に行き、店先に置かれた縁台に座っている。店で買った団子をここで食べられるようになっており、茶もついてくるのだ。

「まずは、手絡にするのにふさわしい端ぎれを選ぶところから始めないとね」

「文様や印象の違う生地をはぎ合わせるのも面白いと思うわ」

「ふつうとは違う手絡の掛け方も、考えてみようかしら」

商いの話の合間に、この団子は少し硬いだの、みたらしのたれの甘みがちょうどいいだの、そんな無駄話も混じる。

と、ふたりの前に人影が差した。

驚いて顔を上げると、虎之介が立っている。嬉しくて、卯野の顔が、ぱっと輝いた。

「虎之介さま」

名を呼ぶ声も、弾んでいる。

「なんだ、おまえたち、どこへ出かけたのかと思ったら、こんなところで遊んでいたのか」

「いいえ、遊んでなどいませんよ」

花絵が胸を張った。卯野も言葉を添える。

「私たち、商いの相談をしているところなんです」

「商いだって」

「はい。あたしたち、〝恋を叶える髪結いが勧める、恋の叶う手絡〟を売り出そうとしているの」

「それを私たちから言ってはだめでしょう」

「ああ、そうだったそうだった。自然にそういう声が上がって来なくちゃいけないのよね」

「なんだなんだ、なんの話だ」

虎之介は興味をひかれたらしく、話の続きをうながしながら、卯野の隣に腰を下ろした。

花絵が、はりきってことの次第を説明した。

虎之介は「なるほどな」と感心しながら聞いていた。ところが話が終わると、お義理のように何度か頷き、そのまま黙り込んでしまった。

卯野は、何か虎之介からも助言がもらえるのではないかと期待し、待っていた。しかし、虎之介はいつまでも口を開かない。

「虎之介さまも、お団子をいただきますか」

妙な沈黙をどうにかしようと、卯野は訊ねてみた。

「いや、いいよ」

虎之介は、ゆっくりと腰を上げた。

「俺は帰る」

「え」

卯野は、思わず落胆の声を上げた。

「おまえたちは、ゆっくり商いの相談をすればいい」

ふたりの娘を見下ろす虎之介の目は、おだやかでやさしい。

「待って」

花絵が、あわてて立ち上がった。

「あたしたちも帰ります」

団子はもう食べ終わっている。卯野の茶碗をのぞき込み、お茶はもういいわよねと言いながら、店の中に声をかけて片づけてもらった。

「さ、これでよし」

花絵が先に立ち、三人は歩き始めた。

卯野の住まいは、ここからすぐ。八丁堀の武井家へ帰るふたりとは、いくらも行かないうちに別れなければならない。自分だけがひとりになって、虎之介と花絵を見送らねばならないと思うと、卯野は寂しくなってきた。

すると、花絵が「あっ」と叫んで口もとに手を当てる。

「あたし、お姉さんに言い忘れたことがあるのを思い出したわ」

卯野が何か言うより早く、花絵はもう叶屋へ戻り始めている。少し行くと振り向いて、

「お卯野さん、またね。虎之介さま、お卯野さんをよろしくお願いしますね」

そのまま足早に行ってしまった。

残されたふたりは、思わず顔を見合わせた。

「なんだ、あいつは」

呆れ顔で、虎之介が呟く。

前から来る人の邪魔になっているのに気がつき、ふたりは自然に並んで歩き出した。

「おまえは何か、し忘れたことはないのか」

「ありません。このまま家に帰るだけです」

「では、送ろう」

一旦はそう言ったものの、虎之介はすぐに、

「いや少し歩くか」

と、伸びをした。

途端にまた卯野の顔が輝いて、弾んだ声で「はい」と返事した。もう少し一緒にいられると思うと、ただ嬉しい。

まだ日が暮れるには間がある。そして今日は、一月の末にしては暖かい。どこへと決めることもなく、日本橋川のほうへと、ふたりは足を向けた。

虎之介は口を開かない。黙々と、ただ歩く。卯野に歩く速さを合わせ、ゆっくりと足を動かしてゆく。

卯野も、黙ってついて行った。何も話さなくとも、気づまりに感じることはなかった。

一石橋《いちこくばし》のたもとまで来ると、虎之介は立ち止まった。

「渡るか、どうする」

「渡らずに、少しだけここにいてもいいですか」

いつものように、橋を渡る女たちの後ろ姿を楽しみたい。

「好きにしろ」

虎之介は笑った。

その顔に、妙なものを見た気がしたが、卯野はすぐ、女たちのきれいな後ろ姿に夢中になった。

今日は、特に若い娘たちに注目した。花絵とふたりで作りたいと思っている手絡を思い浮かべ、本当に娘たちに似合うもの、娘たちが欲しがるものかどうか、考えてみる。

さらに、その手絡を使ってこの娘たちを、よりきれいにするには——とも考えてみる。

「……本当に、好きなんだなあ」

虎之介が呟いた。

派手な顔立ちなのになぜか地味に装っている娘に目を留め、あれこれ考えていたところだったが、卯野はその声にちゃんと気がついた。

振り向くと、虎之介の顔は笑ったまま。けれどもやはり、何か妙だ。

じっと、卯野は虎之介を見つめた。ふたりはしばらく見つめ合っていた。

そして、卯野は気がついた。虎之介のこの笑みに見える〝妙なもの〟は、陰だ。ひどく寂しげな陰。なぜ、そんなものが……。

ふいに、不安がむくむくとわき上がる。だからこそ、

「今日は、もう充分」

卯野は、わざと元気に微笑んでみせた。

「帰りましょう。虎之介さまがお屋敷に戻るのが遅くなってしまいます」

虎之介は何も言わず、肩をすくめるように頷いた。

ふたりはそのまま踵《きびす》を返す。黙り合ったまま、肩を並べて通りを歩き、やがて住まいの長屋の木戸に着くと、卯野は立ち止まった。

「ありがとうございました」

もうここでいい、と伝わるように頭を下げる。しかし虎之介は、

「いや、八重どのに挨拶をしていくよ」

卯野と木戸をくぐろうとした。

「いいんです」

卯野は動かず、虎之介を真っすぐ見上げる。

「虎之介さま、ひとりになりたそうなお顔をしていらっしゃるから」

虎之介は、目を見開いた。

「なぜなのかは、わからないけれど。本当は、私と一緒にではなく、ひとりで歩きたかったのではありませんか」

虎之介は答えない。

卯野は、やさしく微笑んだ。

「今日は、いろいろありすぎて疲れました。でも、最後に虎之介さまと歩くことができて、私は楽しかったです。ありがとうございました。お屋敷まで、お気をつけてお戻りくださいね」

もしかしたら、虎之介はこのまま屋敷に戻ろうとは考えていないかもしれない。どこかへ――卯野の知らない誰かのところへ行こうとしているのかもしれない。そう思うと、

胸がちくちくと痛んだ。それでも卯野は、微笑み続けた。

やがて虎之介は、子どものように素直に頷いた。しかし、その場を動かない。卯野が家にきちんと入るまで見守るつもりなのだろう。

卯野は会釈をし、木戸をくぐった。すると、虎之介は言う。

「卯野と歩きたくないのに、無理をして誘ったわけではないよ」

呟きのように小さいながら、力強い芯のある声だった。

卯野が思わず振り向くと、虎之介は小さく手を上げてさよならの合図をし、去っていった。

卯野の胸の中から、不安も痛みも、みるみる消え去ってゆく。そして、ただあたたかなものだけがそこに生まれて、じわりと広がる。

今まで、恋が叶うのを期待して卯野に髪をゆだねてくれた娘たちの顔がいくつもいくつも思い浮かんだ。あの娘たちの想いをすべて受け止めて、心を込めて髪を結ってきたつもりだった。けれども、本当は何かが足りていなかったのではないか。

何か――卯野自身の恋。

今初めて、あの娘たちの心に寄り添えた気がした。恋というものを知らない卯野が、他人の恋が叶うようどれほど祈っても、上面だけの軽い願いにしかなっていなかったのではないだろうか。

でも今は違う。

卯野は、そっと笑みを浮かべた。

胸に浮かぶこのあたたかみが何であるのかを、卯野は本能で覚《さと》っていた。

いつもと変わらずごちゃごちゃと乱雑な長屋の様子が、なぜか輝いて見える。今日は、この世のすべてのものに当たる光が、一段、輝きを増している。

卯野は、いそいそと住まいに戻った。

「ただいま戻りました」

声をかけると、八重は、

「あら、随分と楽しげですこと。何かいいことでもあったの」

驚いている。よほど、卯野が浮かれているように見えたらしい。

「ええ。今日もお客さまに喜んでいただけましたから。それにね――」

框を上がり、母の前に座ると、叶屋での出来事を母に報告した。

虎之介とふたりきりで歩いたことは、言わない。それは、卯野だけの秘密だ。

四

私は恋をしている――。

自覚をすると、毎日がすっかり楽しくなった。

仕事である髪結いも楽しい。特に、恋を叶えたいと頬を染める娘たちに呼ばれたときには楽しくて楽しくて、腕も上がったのではないかと思われるほどだ。

里世も、相変わらず卯野を呼んでくれる。

その日の里世は、いつも以上に饒舌だった。例の手絡を友だちに見せて自慢したところ、皆がうらやましがった――大はしゃぎで、その様子を話してくれた。そして、たったの二文を渡しただけだったのは間違っていた、改めてお代を渡したいというのだが、それは丁重に断った。

「もともと、差し上げるつもりだったのですもの。でも、もしもちゃんとした商いになるようでしたら、そのときには品に見合うお代をいただこうと思います」

卯野が言うと、里世は大喜びをした。

「ぜひ、そうなってほしいわ。自分も欲しいという子がたくさんいたのよ」

実は叶屋の次女・花絵と一緒にこの商いを考えているのだと、そんな話もした。叶屋が関わっていると言えば、信用できる商いだという印象を持ってもらえるに違いないと思ったからだ。

「ところで、前に結わせていただいた髪が解かれているということは、与三郎さんに見ていただくことができたということなのかしら」

卯野が訊ねると、里世は幸せそうな笑みを浮かべた。

「よかった。見ていただけたのですね」

卯野も、嬉しくて心が浮き立つ。

「ね、今日もこの手絡を掛けてちょうだい」

里世は、大事そうに箱にしまわれている蝶の手絡を目で示した。

前と同じように結ってくれていいから——と里世は言うのだが、もちろん、そんなわけにはいかない。

卯野は、髪を梳《す》いていた手を止めて、箱に並べられた飾りに見入った。

「そうですねえ……」

唸りながら、また手を動かし、丁寧に、たっぷりと、髪を梳く。なめらかになり、艶が出て来たところで、前髪、両脇の髪など分けてゆく。

娘島田に結い、髷の根元に蝶の手絡を掛ける。手絡が生きるよう、後ろ姿の美しさにこだわることにした。前髪の脇に、梅の花がぶらさがるびらびら簪を後ろからも見えるように挿し、蝶が梅をめざして飛んでいるようにみせる。

手鏡で仕上がりを確かめた里世は、大喜びをしてくれた。

卯野も満足し、里世に見送られながら宗屋を出る。ところが、いくらも行かないうちに誰かが卯野を呼び止めた。

「お卯野さん――ちょいとお待ちいただけますか」

振り向いてみると、宗屋から五軒ほど先の店の脇の、路地の入り口に、中年の女がひとり立っている。

「あの……」

戸惑う卯野が見つめていると、女は、宗屋の内儀――里世の母のお治《はる》であると名乗った。

「お里世さんのお母さま」

「毎日のように、里世がお呼びだていたしまして。迷惑なさっておいでではございませんか」

「とんでもない。私の髪結いを重宝してくださって、ありがたく思っております」

そんな挨拶を交わすものの、なんだかそらぞらしく、相手が心ここにあらずの様子であるのが気になった。

「あの……」

また、卯野は探るようにお治を見つめる。

お治は、しばらく卯野の目を避けるようにうつむいていたが、やがて顔を上げた。

「少々、お願いしたいことがございまして」

しかし、里世には知られたくないのだそうだ。だから、不躾《ぶしつけ》は承知の上で、店から離れた場所で卯野を待ち伏せしていたのだという。

「どういったお話でしょう」

訊ねながら、卯野は、通り過ぎる人の邪魔にならぬよう、お治のそばに寄った。

「次に里世が髪結いをお願いしても、何か理由をつけて断ってほしいのです」

「え、それは……」

「わかっております、お卯野さんにとっては仕事がひとつ減ることになるのですもの、ご迷惑でしょう。ですが、お詫《わ》びとして、わたくしどもから髪結い代の倍——いえ、五倍でもいいわ、お支払いいたします。いかがでしょう」

すぐには答えられなかった。

そこまでして、卯野に里世の髪を結ってもらいたくない理由は、なんなのだろう。

卯野は率直にそれを訊ねた。すると、お治は迷いつつもやはり率直に答えてくれた。

「お卯野さんは、恋を叶える髪結いさん——それが、困るのです」

「お里世さんの恋が叶ってしまっては困る、そういうことでしょうか」

「おっしゃるとおり」

「ですが、私が髪を結うだけで、本当に恋が叶うというわけではありませんよ」

「もちろん——などと言っては失礼かもしれませんが、そのことも重々承知の上です。実際に叶う、叶わないは問題ではないのです。里世が、叶うと信じてお卯野さんの髪結いにのめり込んでしまっているのが心配で」

「確かに、毎日のように呼んでくださって――もちろん私は嬉しいのですけれど、あまりにも頻繁なので戸惑ってはおりました」

お治は、うんうんと何度も頷いた。

「お卯野さんもそのように思ってくださっているのなら、あたしも少しは安心できます。とにかく、あの男への想いが叶うのは困るんです」

「宗屋のお嬢さんのお相手には、ふさわしくない方だからですか」

「そう――、そうね、そういうことです」

頷きつつ、落ち着かなげに視線をさまよわせ、最後になぜか目を伏せる。その様子が、気にかかった。娘の恋の邪魔をすることに、後ろめたい気持ちがあるからだろうか。それとも何か他に、理由があるのか――。

なんにしても、お治が心配するのは、もっともなことに思われた。

命知らずの火消、里世など太刀《たち》打ちできないような女たちとの噂が絶えない男――与三郎が、里世のような娘を本気で相手にするわけがない。もしも相手にしたとしたら、それは無責任な遊びに決まっているのだから、弄《もてあそ》ばれてひどいめにあわされる前に目を覚まさせたい。母親が、そう思うのは当然だ。

卯野だって同じように思う。与三郎のような男が里世を相手にすることなど、あり得ない。鳶で火消の与三郎と、青物問屋のお嬢さんの里世。ふたりは、あまりにも合わなさすぎる。傷つく里世を見たくはない。

しかし、だからといって、里世の恋を〝いけないもの〟と切り捨ててしまっていいのだろうか。里世の想いは真剣で、深い。卯野が髪を結わなければ与三郎を忘れるなどという、簡単な話ではないだろう。

どうしたものか――。

悩みつつ、とりあえず卯野は言った。

「わかりました。三度に二度は、お断りするようにしてみます。でも、五倍のお代をくださるというお話は忘れてください」

もらうべきでない銭を、もらうつもりはない。そこは、はっきりとさせておきたい。

お治は、それではこちらの気が済まないとしばらく言い張っていたのだが、やがて卯野の気持ちを汲《く》んで、頷いた。

何度も何度も頭を下げながら店に戻ってゆくお治の姿を見送る。

三度に二度のお断り――わざとらしくない言い訳を考えるのが大変だ。とりあえずいくつか用意しておこうと考えつつ、卯野も歩き出した。

そのころ、里世も店を抜け出して、卯野の後ろを歩いていた。

母親が卯野と話している姿を、立ち止まってながめていた。何を話しているのか、まったく聞こえはしなかったが、おおよその見当はついた。里世の恋を叶える手伝いになるような髪結いは、しないでほしい――と頼んでいるのだろう。

もう遅いのに。

含み笑いを口もとに浮かべ、里世は歩き出した。ふたりの姿を横目に見ながら、すぐそばを通り過ぎる。御高祖頭巾《おこそずきん》を被《かぶ》り、寒そうに身をすくめてみせているから、行き過ぎる者たちにも、母と卯野にも、里世だと知れはしないはずだ。

与三郎の住まいがある永富町へと向かっていた。

躍るような足どりで、人ごみをすり抜けてゆく。ずっと、口もとの笑みは浮かんだままだ。

頭巾でしっかり顔を隠し、木戸をくぐり、与三郎の住まう長屋へと入り込んでゆく。

路地を歩いていると、住民らしい女が不審な目を向けてきたが、里世が与三郎の住まいの前に立つと、納得したようにふんと鼻を鳴らした。見知らぬ女がこんなふうにこっそりと与三郎を訪ねてくるのは、よくある光景なのだろう。

女が行ってしまうのを待ってから、里世は腰高障子を叩《たた》いた。

与三郎の住まいは、裏長屋の中でも特に狭い、棟割長屋の一軒だ。四畳半の一間で左右だけでなく、奥の壁の向こうにもまた他人の住まいがある。

しばらく待つと、障子が細く開いた。

与三郎の不機嫌そうな目が、のぞいた。やって来たのが里世だと知ると、そのまま障子を閉めようとした。けれどもすかさず、里世は障子に手をかける。与三郎が閉めれば、里世の手が挟まれることになる。さすがに、与三郎はそんなことはしなかった。できるわけがないだろうと、里世にはわかっていた。

「こんにちは」

微笑んでみせても、与三郎は憮然《ぶぜん》としている。

「何しに来たんだ」

「会いに来たの」

「帰ぇれ」

「いや」

「いいかげんにしろ」

「誰かいるの」

訊ねはするが、この障子の向こうに女がいて、どんな格好で何をしていようが、まったく気にしないだろう自分を、里世は知っていた。

誰がいても、追い出すだけだ。

「いる――」

与三郎は言いかけたが、すぐさま里世が中をのぞき込もうとしたのを見て、嘘《うそ》はやめることにしたようだ。

「いねぇよ」

「入れて」

「帰ぇれ」

「いや」

「帰ぇれ」

「いやよ」

同じやりとりを繰り返し、帰れ帰れと何度言われても、里世は微笑んでいる。

ふたりは見つめ合っていた。

その目に、里世は想いを込めた。長い時間をかけて胸に溜《た》めてきた想い。その間ずっと、秘めてきた想い。そのすべてを込めたのだった。

やがて、与三郎が降参したのがわかった。とはいえ何を言うわけでもない。里世を中に招き入れもしない。

「あたしは知ってるの」

里世は言う。

「与三郎、あんたはあたしのもの」

確信があった。里世は〝知っている〟のだ。

「そして、あたしもあんたのもの」

与三郎は、面倒くさそうに障子を開けた。何も言わず、框を上がる。

里世は中へすべり込み、後ろ手で、しっかりと障子を閉めた。

二　夢に会えたら

一

寒さに首をすくめながら、八丁堀の組屋敷を抜けてゆく。

松原初音《まつばらはつね》は、ひとりで屋敷を出られる機会があると必ず、亀島川《かめじまがわ》まで出かけることにしている。亀島橋の真ん中まで渡り、欄干を背に、橋を行き交う人々を見つめるのだ。日本橋川から分かれて流れ、この亀島橋を過ぎた辺りで大きく折れると、大川に注ぎ込んでゆく川だ。

風はまだとても冷たいのだが、空は濃い青に染まった、気持ちのいい一日だった。

いつものように橋の上に立っていると、通り過ぎる者たちは皆、男も女も大人も子どもも、怪訝《けげん》そうにこちらを見ながら通り過ぎてゆく。しかし、初音はまったく気にしていない。むしろ、積極的に見つめ返し、さらに訝《いぶか》しまれるほどだ。

特に、四十絡みの女の顔を、しっかりとうかがう。見知った顔ではないか——あの顔ではないか——あの女ではないか。

そのうちに、今度は子どもの顔をのぞき込んでしまっている自分に気づき、初音は苦笑した。

いつも、こうなのだ。つい、あの子を捜してしまう。ここにいると心が子どものころに戻り、あの子が初音を待ってくれているのではないかと期待してしまう——。

そんなことが起きるわけはないのに。

やがて、足や背から冷えがじわじわ広がり始めた。さすがにつらくなり、もう帰ろうと決めた。

今度はうつむき、ひたすらに足元だけを見て、来た道へ戻ってゆく。

帰るときに周りは見ない。川も見ない。決して見ない。

二月になった初めの日、岡村志織《おかむらしおり》が卯野を訪ねてきた。

継母との気持ちのすれ違いから家出をして、しばらく卯野の家で預かっていた少女である。父親は、虎之介と親しい旗本で、岡村平四郎《へいしろう》という。

そのときのことが縁で、志織の髪を結わせてもらっているのだが、普段は番町《ばんちょう》にある岡村家の屋敷へ卯野のほうから出向くのだ。志織がこちらを訪れるのはめずらしい。

志織は、小者の源三《げんぞう》を従えて土間に立ち、懐かしげに家の中をながめまわした。

「どうぞ、お上がりになって」

卯野が勧めると、志織は框《かまち》を上がり、縫いものをする八重の手元がのぞける場所に腰を下ろした。

「叶屋さんのお仕事ですか」

「お仕事……と、言ってしまってよいものかどうか」

八重は卯野へと、続きをうながす目をくれた。

卯野は頷《うなず》き、はりきって説明を始める。

「叶屋さんで、これから売り出されるものなんです」

「え、ではまだ人に知られてはいけない、内緒の品なのではありませんか」

「いいえ、もう試しに使っていただいているお客さまもいらっしゃるんですよ」

宗屋の里世の名を挙げても、もちろん志織は知らなかったが、自分も卯野の上客のひとりと自負のある志織としては、後れを取ったような気になったらしい。

「私も使ってみたいです」

八重が何を縫っているのかもわからないまま、目を輝かせた。愛らしいその様子に、八重が微笑《ほほえ》む。

「手絡《てがら》なんですよ。叶屋さんで出た端ぎれを使って、柄や文様をうまく組み合わせて作るんです」

「私と、叶屋の花絵さんとふたりで、あれこれくふうしているの」

はじめは卯野が縫っていたのだが、見ていた八重が、それはこうしてみたらどうか、こちらと合わせてみたら——など、意見をくれるようになり、手も出して針を運び始めると結局、八重にまかせるのが一番いいということになった。

「楽しそう」

志織は、すこしうらやましげだ。

「商いですから。楽しいばかりではないのよ」

実際、叶屋のお絲からは、作ってみたものを見せに行くたび、あれやこれやと厳しい意見をもらっている。

「それで、志織さん、今日は……」

卯野が訊《たず》ねると、志織は「そうそう」と姿勢を正した。

「お仕事のお願いにまいりました」

「お客さまを紹介していただけるのですか」

「はい。私のお友だちなの」

岡村家の隣の屋敷に住む娘で、初音という。十四歳の志織より五つ上の十九歳。

「お友だちというより、お姉さまみたいに大事な方。私が岡村の家に引き取られたときからずっと、やさしく遊んでくださったり、話を聞いてくださったり。本当にすてきな方なのよ」

武家の娘だから、もちろん初音も髪は自分で結うことができる。今まで、髪結いを頼んだことは一度もない。

「でも本当は、私がお卯野さんに結っていただいているのがうらやましかったんですって」

今回、勇気を出して、渋る母親を説得し、志織に仲介を頼んできたのだった。

卯野は大喜びで、早速、初音の髪結いに出かける日を決めた。志織が向こうの希望の日を聞いて来ており、こちらの予定とすり合わせると、五日後が一番よいということになった。

「初音さん、きっと大喜びだわ」

友だちの手助けができて、志織も大喜びだ。

そこで、卯野が気づいた。志織に、なんのもてなしもしていない。

「ごめんなさい、すぐにお茶を……」

慌てて立ち上がろうとする卯野を、志織は止めた。

「もう、お暇《いとま》いたします。お初ちゃんと約束があるの」

お初は、志織の大親友の、蠟燭屋《ろうそくや》の娘だ。

「これからふたりで、唐人飴売《とうじんあめう》りを見に行くの」

唐人飴売りは、唐人の姿をして子どもたちを集め、笛を吹いたり、面白おかしい口上を述べたりして飴を売る棒手振《ぼてふ》りだ。どうしても見たいというわけでもないのだが、ふたりで出かける理由作りのため、志織はまだ一度も見たことがないからと、互いの親に訴えたのだった。

志織は、うきうきと腰を上げ、土間に降りた。卯野も後に続き、見送りに出る。

しかし、腰高障子《こしだかしょうじ》から一歩、踏み出したところで、ぎょっと立ちすくんでしまった。

隣の家から、お蔦もちょうど出て来たところだったのだ。

お蔦のほうは、こちらに気づいて目を向けて、ごくごく自然に笑みをくれるだけだ。

「お客さまですか」

「はい」

と答える声が、緊張で喉に詰まった。

志織の実母は、このお蔦だ。

志織の父との、若いころの短い恋の末に生まれた娘。幼いころはお蔦が手元で育てていたのだが、あるとき志織が、誘拐事件に巻き込まれそうになった。それを機に、自分ひとりでは守りきれない、父親の手に託したほうがいいとお蔦は心を決め、愛《いと》しい娘を手放したのだった。

以来、志織は父親と、その妻・松江《まつえ》と共に暮らしている。

それを卯野も知っているのだと、お蔦に伝えたことはない。お蔦のほうも、何も言わない。虎之介づてに聞いているのではないかと卯野は思っているのだが、お蔦の態度にそんな様子はみじんも感じられないので、確かなことはわからない。

志織ももちろん、何も知らない。ただ、お蔦の存在は〝卯野の隣に住んでいる、江戸で大評判の女髪結い・お蔦〟として知っている。卯野に声をかけてきたのがそのお蔦だと、すぐに気がつき、期待を込めた目を卯野に向けてきた。紹介してほしいのだろう。

「こちら、岡村志織さんです。ほら、虎之介さまもご存知のあの娘さん……」

「ああ」

さりげなく、お蔦は頷いた。

「存じておりますよ。虎之介さまが姪《めい》っこのように可愛《かわい》がっているお嬢さん」

「虎之介おじさまは、私のことをそんなふうにお蔦さんにお話しなさったのですか」

「一度、あたしに髪結いを頼んでくださったことがありましたね。都合が合わなくて、お卯野さんにお願いしてしまいましたけど。そのあとの騒動のことも聞いておりますよ。留守をしていたもので、お会いできなくて残念でした」

「お卯野さんはもちろんですけど、お蔦さんも私たちのあこがれなんです」

「あら、武家のお嬢さんたちもあたしのことを知ってくださっているのかしら。光栄だわ」

「武家のお友だちももちろんですけど、私の大親友は商家の子なんです。お初ちゃんていうの。お初ちゃんのお友だちも、私の友だち」

「志織お嬢さんには、お友だちがたくさんおいでなのですねえ」

お蔦は目を細めた。

「はい。大好きなお友だちがたくさんです」

「それは、よろしいこと」

お蔦は微笑み、

「じゃ、あたしはこれで」

卯野に会釈してみせた。すらりと伸びた美しい背を見せながら、出かけてゆく。

お蔦が木戸を出てゆくまで、卯野と志織は見送った。姿が消えると、志織は、うっとりとため息をつく。

「やっぱりすてきねえ、お蔦さん」

卯野は、お蔦に感服していた。

何気なく外に出たら、幼いころに手放した娘がそこにいて驚いただろうに、そんな素ぶりは一切、見せなかった。大したものだ。

それでも、志織に友だちがたくさんいると聞いて目を細めたとき、その瞳に誇らしげな輝きが灯《とも》るのを確かに見たと、卯野は思う。娘が、人を愛し、人から愛されもする子に育っていることが嬉《うれ》しかったのだろう。

「では、初音さんのこと、よろしくお願いしますね」

何も知らず、志織は友だちの髪結いを卯野に頼み、帰ってゆく。

緊張が解けて、卯野は大きく肩で息をついた。そのあとで、ふいに涙があふれてきた。

生き別れの母娘の再会――なのに、あまりにもさりげなく、ほんの束《つか》の間《ま》で終わってしまった。そして、娘のほうは何も知らないのだ。おそらく、これからも知ることはないのだろう。

やるせなく、せつなくてたまらなかった。


涙を拭いて、しばらく表にたたずみ、気持ちを落ち着けていると、向かいの家の障子が開き、おせきが顔を出した。不思議そうにこちらを見ているので、卯野はあわてて会釈をしてから、おせきに背を向けた。

家に入り、土間で草履を脱ぎながら、

「お母さま、今ね――」

言いかけて、はっとする。

八重は、お蔦が志織の実母であることを、まだ知らない。こんな重い秘密を、勝手に軽々しく話してしまっていいのか、わからないまま今日まで来てしまったのだ。

「どうしました」

八重は、縫いものから目を上げて訊ねた。

「いえ……」

曖昧に唸《うな》りながら、また草履を履いた。

「あの――、今ちょっと、思い出したことがありまして」

「おや、なあに」

「虎之介さまに、伝えなければならないことがあるんです」

「虎之介さま……」

「はい。ですから、武井さまのお屋敷に出かけてきます」

八重が何か言うより早く、卯野は外へ飛び出した。

我ながら、いいことを思いついた。八重にこの秘密を伝えても、おそらく、お蔦も虎之介も怒ったりはしないだろう。しかし、八重に話すより先に、虎之介に報告をすべきだ。

卯野は、八丁堀への道をひた走った。息が切れても苦しくない。虎之介に会う理由ができたことが嬉しいのだ。

武井家では、花絵が卯野を迎えてくれた。

「あらまあ、そんなに汗をかいて。どうなさったの」

「虎之介さまに――」

卯野が言い終わる前に花絵は、はいはいと頷き、

「どうぞ、お上がりくださいな。ご案内します」

にっこりと笑った。何をしに来たのかなど、訊ねもしない。

虎之介は在宅で、自分の居間に籠《こ》もっているという。

花絵は、すたすたと奥へ向かい、閉じられていた虎之介の部屋の障子を、

「虎之介さま、お卯野さんですよ」

一応、声をかけてからではあるが、返事を待たずにさっと開けた。花絵さん、だめよ
――と卯野は止めようとしたものの、その間もなかった。

虎之介は、丸窓に向かって置かれた文机《ふづくえ》の前にいた。すぐに振り向いた顔には、やさしい笑みがあふれていた。

「にぎやかだな、おまえたちは」

「申し訳ありません、お勉強中でしたのでしょう」

卯野は恐縮し、肩をすくめた。

「いや、ぼんやりしていただけだよ」

「お卯野さん、虎之介さまにお話があるのですって」

そうでしょう――と首を傾け、卯野に問う。卯野が頷くと、花絵は、お茶の支度をしてくると言って去った。

「本当によろしいのですか」

立ったまま、卯野は訊ねた。

「この寒いのにそんな汗をかいて、よほど急いで来たのだろう。ということは、よほど大事な用だということだ」

「はい……」

卯野は、そっと腰を下ろした。それでもまだ気後れし、敷居に足の指先がつきそうなところにいると、虎之介が苦笑する。

「もっと近くに寄りなさい」

そばに行けるのは嬉しくて、卯野は、ささっと膝を前に進めた。といっても、ほんの少し。自分の気持ちが心の中で明確になって以来、虎之介のそばにいたい想《おも》いと、なんだか気恥ずかしい想いとが胸の中でおしくらまんじゅうをしている。

「何があったんだ」

「それが……」

卯野は、先ほどの出来事を話した。

お蔦と志織について虎之介と話をするのは、この秘密を教えられて以来だ。急にこの話を振られて、虎之介はまず面食らったようだった。しかし、黙って聞いてくれた。そして卯野の話が終わると、うーんと唸った。

「お蔦は、どんな様子だったんだ」

「まるで動じていらっしゃいませんでした」

「なるほどな」

納得しているようだ。

「お蔦さんは、別れてから今まで一度も、志織さんと会ったことはないのですよね」

「うん」

「それなのにあのご様子だったのは、さすがお蔦さんだと思いました。でも、志織さんが明るく愛らしいお嬢さんに育っているのを心底、喜んでいらっしゃるのがわかりましたよ」

「そうか……」

それを聞き、虎之介も嬉しげだった。

「もしや――虎之介さまがお蔦さんとお知り合いになったのは、志織さんのことがきっかけだったのでしょうか」

ふと思いつき、卯野は訊ねた。

志織の父親・岡村平四郎と、虎之介は懇意にしている。そちらとの縁が、お蔦へとつながったのだろうか。

虎之介は「うん」と頷いた。

「平四郎どのから志織の生い立ちを聞いてから、母親のゆくえがどうにも気になってしまってな。勝手に捜した」

当時はまだ、お蔦も今ほどの評判を得ていたわけではなく、志織を託しに来たときに『髪結いをしている』と言っていたのを頼りに、なんとか捜し出したのだった。

「そのとき、お蔦さんはすぐに、志織さんのお母さまだと認めたのですか」

「いや、うんと言うまで三月はかかったかな。しかも、うんと言っただけであとは知らん顔をしている」

「今もですか」

「そう、今も」

卯野は、大きくため息をついた。

一体どんな思いから、お蔦はそこまで厚い鎧《よろい》をまとい続けているのだろう。

「なんだろうなあ。強いというのか――ただの強情っぱりなのか」

「逆ということもあるかもしれませんね」

卯野は、しみじみと言った。

「誰かに話してしまったら、強く装っているのが崩れて、泣いてしまうから我慢しているのかも」

だとしたら悲しい。

うつむいた卯野に、虎之介はにじり寄り、ぽんぽんと叩《たた》くように頬を撫《な》でてくれた。

「おまえはやさしいな」

目を上げると、すぐそばに虎之介の顔があった。

驚いて、大慌てで身を引く。すると、虎之介は面白がって笑う。

卯野は、そわそわと首をのばし、文机の上をうかがった。

「虎之介さま、ええと、あの……、お勉強をしていらしたのですよね」

あまりにも近くにいすぎる虎之介から離れようと、腰を浮かして文机に近寄った。

開かれた草紙が、のっている。見ると、卯野にはわからない文字が書かれているものだ。外国語だと、見るだけでわかる。

「違う違う。それは、訳してくれと千鶴に頼まれたものだ」

「何が書かれているのですか」

「千鶴だぞ、食いもんの作り方に決まっている」

へえ、と卯野は草紙をのぞき込む。外国語と、ところどころに絵もあった。大きな釜のような鍋が巨大な火鉢にのっていたり、鍋をかき混ぜる、異国の服を着た女の絵。

「どこの国の食べ物の作り方でしょう」

「阿蘭陀《オランダ》」

「では、これは阿蘭陀語ですか」

気難しく眉を寄せ、一文字また一文字と目で追ってはみるのだが、もちろん、何が書いてあるのやらまったくわからない。あきらめて、卯野は虎之介を振り向いた。

「千鶴さまは、本当に食べ物のことがお好きですよねえ」

「俺に訳してもらうのは時間がかかりすぎるからと、自分も阿蘭陀語を勉強しようかとまで言っていたよ」

「私と花絵さんじゃないけれど、それこそ商いでも始められそうなご様子ですね」

「本当に何か考えつきそうで怖いよ。――それで、おまえたちの商いの話は進んでいるのか」

「はい、少しずつ、少しずつですけれど。志織さんも関心を寄せてくださったんですよ」

「それはすごいな」

笑顔で褒めてくれはするのだが、虎之介の目は、すっと冷める。

先日、花絵と菓子屋で団子を食べていたときに会った、あのときとおなじだ。花絵との商いの話を、聞いてくれているようでいて、話を先へ進めようとはしない。すぐに心を閉ざしてしまう。

「虎之介さま――」

卯野は、そこに何があるのかを探るように、虎之介の目の中をのぞいた。そして、率直に訊ねてみた。

「私たちの商いの話などしても、虎之介さまにはつまらないですか」

それは充分にあり得る。女の髪の飾りなど、虎之介にとってはどうでもいいものでしかないだろう。卯野や花絵が騒いでいるから一応、聞いてくれるだけかもしれない。

虎之介は、そのまなざしの真っすぐさにたじろいだようだが、きちんと受け止めてくれた上で苦笑した。

「いや、そういうわけではないのだが……」

腰を上げて、文机の上の草紙を手にした。

「なんだ……、ちょっと面白くなかった」

「面白くない……」

虎之介は、右手で草紙をぽんと叩く。

「たとえば、外国の言葉を習う。それはとても興味深い。たとえば、剣術の腕を磨く。それはただ楽しい。あれもする、これもする。あれにもこれにもそれにも興味は尽きない。だが、ひとつに定まらない。――なんのために生きているのかわからない」

虎之介は、肩を落としながら苦笑いした。

「正直、おまえたちがうらやましい。おまえも花絵も——お蔦も、自分が何をしたいのか、なにをすべきなのかを知っている」

「虎之介さまには、それがない……」

「そういうことだな」

「でも、私は虎之介さまがうらやましいです。私は逆に、知らないことが多すぎる。私には、この草紙は読めません。だから、これを読んでみたらまた何か違う好きなものができるかもしれないのに、そうはならない。ここに、私の髪結いをもっと上手にしてくれる何かが書いてあるかもしれないのに、それを知ることはできない」

「おい、ここに書いてあるのは阿蘭陀菓子の作り方だけだぞ」

「だから、例えですってば」

卯野は少々、むきになっていた。

虎之介が、こんな弱気になっているのを見るのはいやだった。そして、このままの様子の虎之介と別れて帰るのもいやだ。

少しでも、虎之介の気が晴れるように。もっと違った心持ちになれるように。

正直に言えば、虎之介が本当に言いたいことは別にあるのを、卯野もわかっているのだ。自称冷や飯食いの次男坊。跡継ぎとして武井家の養子になったはずが、のちに新太郎が生まれたために、自らその座を降りてしまった。昔、まだ兄の周太郎が生きていたころ、なぜ虎之介はそんなことをしたのかと兄に訊ねてみたことがある。周太郎は、あくまでも自分の勝手な憶測にすぎないが、と言い置いた上で、

『虎之介が退《ひ》かねば、新太郎が今の虎之介とおなじ境遇になる。本当の嫡子《ちゃくし》がそんな身分に落とされて良いものか——と、弟を思いやったのではないかなあ』

と言っていた。卯野も、おそらくそんなところだろうと思っている。

武井家がある限り、ここで生きてゆくことはできるだろう。しかし、いずれ新太郎が家を取れば、虎之介はただの居候になる。何者にもなれぬまま、だらだらと生き、何も成さぬまま死んでゆくことになる。虎之介は、それを良しとする男ではない。

「いつ何時、どんなところから思ってもみなかった道が開けるか、わかったもんじゃありませんよ。だって、この私がそうでしょう」

卯野は、胸を張ってみせた。

「去年の今ごろの私に、来年の冬にはおまえは女髪結いとして生きているよ、と誰かが教えたとしても、信じやしませんもの、絶対に」

「なるほどなあ」

虎之介は、天井を向いて笑った。卯野の大好きな、気持ちのいい笑い声だった。

「おまえにそう言われたら、確かにそうだと頷くしかないな」

「よかった」

卯野も、心からの笑い声を上げた。虎之介の笑顔を引き出せたことが、嬉しくて誇らしくて、たまらなかった。

ところが、照れくさそうに虎之介は続けた。

「実を言えば、婿養子の話がまたひとつ来ているんだ」

卯野の息が止まる。婿養子——いきなり、一体なんなのだ。

息が止まっていては言葉も出ず、卯野はただ目を見開いた。

「それを受けたらどうなるだろう、何かが変わるだろうか——ぐしゃぐしゃと思い悩んでいたのもあって、おまえたちの商いの話を聞くのが面白くなかったのかもしれない。簡単に言えば気乗りがしない。それでも、無下《むげ》に断ってしまったら何かの機会——良い機会を逃すのかもしれない。そう思うと、胸の中がもやもやとして」

虎之介は、卯野の様子には気を留めず、話し続けた。

「今まで、婿入りの話など取り合って来なかったが、案外、本気で考えてみるのもいいかもしれんなあ」

さっぱりとした顔で、話を結ぶ。そして、さっと立ち上がった。

「気が晴れたから散歩に出る。ついでに送ってやろう」

頭の中がまだ混乱したまま、卯野は虎之介について武井家を出た。

「まだ冷えるな」だの「春はまだかな」だの、虎之介は、どうでもいいことを上機嫌で話し続けている。卯野は答える余裕もなく、ただ虎之介の横を歩いている。

散歩だからと、卯野の住まいのある日本橋南、呉服町の方面へとすぐには向かわず、亀島川のほとりの通りをのんびり歩いた。

どこまで行くとも虎之介は言わず、卯野のほうはどこまででもついて行きたい。やがて、婿入りの話を聞いた混乱より、一緒にいられる喜びのほうが大きくなり、気づけば卯野のくちびるに微笑みが浮かんでいた。

「なんだおまえ、妙に楽しそうだな」

「虎之介さまと一緒ですから」

卯野は素直に答えた。虎之介は、ふうんと唸り、嬉しそうにしているように見える。

亀島橋が見えてきたときだった。橋の真ん中に、きれいな娘の姿がある。卯野は、いつものことでつい、その娘の後ろ姿を見ようと身を乗り出した。

娘は欄干を背に立ち、通り過ぎる人々を見ているようだ。誰か、捜しているのだろうか。

「どうした、またきれいな髪の女でも見つけたか」

虎之介のからかいに答えようとしたのだが、ちょうどそのとき、娘の体がふらりと傾いた。倒れないよう、娘は後ろを振り向いて、両手を欄干にぐっと押しつけ身を支えている。

「大変」

卯野は叫んで駆け出した。急にめまいでも起こしたのかもしれない。

「おい、どこへ行くんだ」

追いかけてきた虎之介も、娘の様子が妙なことにすぐに気づいたようだ。あっという間に卯野を追い越し、娘に駆け寄り、その肩を摑《つか》んだ。

「おい、どうした」

娘が、ゆっくりと顔を上げて虎之介を見る。そこへ、卯野も追いついた。娘の顔色は、怖くなるほど真っ白だ。

「どうなさいました」

卯野も訊ねると、娘は薄く笑った。

「いえ、冷えたようで、気分が少し……」

「腹が痛むのか」

「いえ、急に吐き気が……」

娘は、くたりと虎之介の腕の中に身を寄せた。

「虎之介さま、お屋敷にお連れしたらいかがでしょう」

「そうだな。——おい、歩けるか」

娘は気丈に顔を上げた。

「歩けます。大丈夫。見ず知らずの方にご迷惑をおかけするわけにはまいりませんから、どうぞ、お気になさらずに……」

「放ってなんか、おけませんよ」

語気荒く卯野が言うと、娘は申し訳なさそうに微笑む。

「ありがとうございます。でも本当に、少し休めば気分も良くなるはずですから」

「住まいはどこだ」

虎之介が訊ねた。

「番町でございます」

「歩かせられるところじゃねぇな」

「駕籠《かご》を探してきましょうか」

卯野の気づかいに、娘はけなげに首を振る。

「いいえ、肩を貸していただければ歩けます」

虎之介は早速、娘に肩を貸して助けてやりながら、卯野を見た。

「おまえ、ひとりで帰れるな」

「もちろんですけど……」

「俺は、このひとを送ってくる。日本橋のほうへ向かえば途中で駕籠も拾えるだろう」

娘はまだ、ひとりで帰れると恐縮しているのだが、虎之介は有無を言わせず、娘の腰を抱いてしっかりと立たせ、歩き始めてしまった。

「気をつけて帰るんだぞ、卯野」

声をかけてくれるのだが、振り向いてはくれない。橋の真ん中に、卯野はひとり、ぽつんと取り残されてしまった。

呆然《ぼうぜん》と立ち尽くす。ふたりの背中が遠くなってゆくのを、なすすべなく見送る。虎之介から見捨てられてしまったような、せつなくて頼りない気持ちが胸に押し寄せてきた。まるで、虎之介への恋を失ってしまったかのような——。

と、思ったところで卯野は苦笑した。それはさすがに大袈裟《おおげさ》すぎる。虎之介は、困っている人を助けただけだ。あの娘を送ってゆくには虎之介ひとりで充分で、卯野までついていく必要はない。当たり前の流れでしかない。

誰かを好きになると、こんなふうに神経質になってしまうものなのかと、なんだか面白くもあった。


住まいに戻ると、お梶が来ていた。

今日は母たちの楽しみの邪魔をすまいと、適当に声をかけながら駆け抜けるようにふたりの前を通り過ぎ、二階に上がる。

そして、お蔦に頼んで手に入れた雛型帳《ひながたちょう》を出してきた。最新の、江戸での流行の髪型を集めたものだ。ぱらぱらとめくりながら下の気配に気をつけていると、お梶が帰らず残っているらしいのがわかった。しばらく、卯野もひとりでのんびりと楽しもうと決めた。

ところが、ついつい気が散って、夢中になれない。どうしても、あの娘を送っていった虎之介の後ろ姿が思い出されてならないのだ。

結局、手は止まり、ぼんやりしていると下からお梶の低い声が聞こえてきた。

「いえ、夫を亡くしたのではなく離縁されたんですよ」

耳に入ったのはそんな言葉で、卯野は驚き、顔を上げた。

八重とお梶は、なにやら重たい話をしているようだ。聞いてしまっていいものなのか、気にはなるのだが、ついつい耳を傾けてしまう。

お梶の声は続いた。

「嫁ぎ先は、ちょっと名のある味噌屋《みそや》でした。望まれて行ったんですけどね、ちいさな菓子屋に生まれたあたしには、過ぎた家で……。嫁としての務めも果たすことができなくて、結局、五年で離縁されたんです」

「ごめんなさいね、訊《き》きづらいことを訊ねてしまいますが、嫁としての務めというのは跡継ぎを産むことでしょうか」

「ええ——、産むことは産んだんですよ。でも、たったの三月で亡くしました」

「まあ……」

「そのあと、二度ほど身ごもりはしたものの、どの子も産んであげることはできなかった……」

淡々とお梶は語り、しばらく沈黙が続く。随分と時間が経《た》ってから、

「そんなわけで離縁されて、今は独りです」

お梶が、やはり淡々と話を締めくくった。

お梶が他人と関わらないよう、ひっそりと生きているのは、そんな過去を背負っているためなのだろうか……。

階下はそれきり静かになり、卯野も雛型帳にまた見入りはしたものの、結局、ぼんやりしているとまた虎之介の背が思い出された。

やがて、下から八重の声がする。

「卯野、お梶さんは帰られましたよ。そろそろ夕餉《ゆうげ》の支度を始めましょう」

二

初音はその朝、ことさら丁寧に髪を洗った。

今日、初めて髪結いに髪を結ってもらう。

隣に住む岡村志織の紹介で、卯野という今評判の女髪結いに来てもらうのだ。卯野は元は武家の娘だったというから、母の許しを得るのもさほど難しくはなかった。

卯野は、恋を叶《かな》える髪結いだという。

もちろん、卯野に髪を結ってもらえば恋する人にたちまち想いが通じるなどということがないのはわかっている。それでも、願掛けのように卯野に髪結いを頼みたがる娘はたくさんいるのだそうだ。

志織の紹介であるのも、母の信用を得るのに一役買った。

あれはいくつのときだったか、外に出来た子である志織が父親のもとに引き取られてきて以来、ずっと可愛がってきた。あちらもこちらも一人っ子。自然に、姉妹のように慕い合うようになったのだ。ふだんは初音が姉の役割なのだが、素直で前向きで積極的な志織には、こちらが妹であるかのように助けられることが何度もあった。

左に寄せて垂らした髪を、きゅっと絞る。水の冷たさに、両手は赤くなり、感覚がなくなってきている。早朝、井戸端で髪を洗うには寒すぎる季節だ。

まだ夜は明けていない。空の端が、ほんのりと水色に染まり始めているくらい。それでも江戸の町はもう目覚めているのだろうが、常に静かな武家の屋敷地は、まだ夜の静寂の中にある。

こんなに早く起きる必要はなかった。しかし、髪結いへの期待で目が覚めてしまい、床を抜け出してきた。

　正月の若水というわけではないが、朝一番に汲《く》み上げた水で髪を洗えばすべての邪気を払えるのではと思ったのだ。卯野には、心ゆくまで洗い清めた髪を結ってもらいたい。

　初音にも、叶えたい願いがある。

　いや本当は、叶えたい恋がある。しかし、それはもう決して叶うものでないことを知っているから願わない。


　卯野は、道具を包んだ風呂敷包みをしっかりと抱え、土間に降りた。

「では、行ってまいります」

　八重に声をかける。

「あら、もう行くの」

　八重は、叶屋の仕事を始めようと、裁縫箱を出して道具や布を広げ始めているところだった。

「今日は、志織さんのお友だちの髪結いでしたか」

「はい。そのあとにも二軒、回ってまいります」

　そんなやりとりをしていると、腰高障子を慌ただしく叩く者がいた。

「あら、なんでしょう」

八重と目を見合わせる。それから、卯野は障子を開けた。

そこにいたのは、里世だ。肩で息をしながら、きらきらした目を向けてくる。

「おはようございます、お卯野さん」

「おはようございます――、どうなさったの」

「今すぐ髪を結っていただけないかしら」

「今って――、今ここで、ですか」

「そう、今すぐ」

「無理です。ちょうど番町まで仕事に出かけるところなの」

「少しくらい遅れてもいいでしょう。ね、さっと結ってくださるだけでいいの」

「そのあとにも回るところがあるんですよ。お客さまをお待たせするわけにはいかなくて……」

実際、今すぐというのは無理なのはもちろん、里世の母お治に頼まれたことも頭のなかにあった。卯野は、失礼にならぬよう言葉を選びながら断ろうとした。

しかし、里世は退いてくれない。

「お願い」

唸りながら考えたあと、卯野は折れることにした。

「では、これから回るお客さまの髪結いを済ませたら、宗屋さんまでうかがいますから」

それで済むだろうと思ったのだが、甘かった。

「だめ。今すぐでないと」

里世は、髪を振り乱さんばかりに頭を振りたてている。

卯野は、困り果てて八重を振り向いた。八重は、きっぱりと首を振った。

八重には、お治から言われたことを話してある。その上で、八重は、受けるべきではないという意見なのだろう。

こんなに必死になっているのは、今日、与三郎がどこかに現れるという情報でも手に入れたのだろうか。また与三郎の前に現れて、私を見て気がついて、と目を惹《ひ》きつけようとしているのか。

胸が痛んだ。

しかし、今すぐという里世のわがままを受け入れるわけにはいかない。

「先にお引き受けしたお客さまを、お待たせすることはできません。申し訳ありませんが、終わるまでお待ちいただけないのであれば――」

里世は、絶望的な目で卯野を見た。やがて、

「……わかったわ」

うなだれてしまった。そして意外にも素直に、ごめんなさいと謝るのだ。そうなると、こちらのほうが悪いことをしてしまったような、居たたまれない気持ちにもなる。

やはり、ほだされ、卯野は妥協することにした。

「三つの仕事が終わりましたら、必ずおうかがいしますから」

腰をかがめ、里世の目をのぞき込みつつ微笑むのだが、

「いえ、いいの。それでは間に合わないと思うから」

里世は肩を落として首を振り、すっかりしょげ返っている。

「わがままを言って、本当にごめんなさい。でもね、また絶対にあたしの髪を結ってくださいね。お願いします。これであたしに愛想をつかして、もう結ってくれなくなるなんてことはないわよね」

泣き出しそうな目で言うものだから、ついつい卯野は笑顔で頷く。

「もちろんですよ。お里世さんの髪結いをお断りするなんて、あるものですか。ぜひぜひまた、呼んでくださいね」

里世は、何度も頭を下げながら帰っていった。

外に出て、木戸を出てゆくまで見送る。一旦、家に戻ると、八重がため息をついていた。

「あのお嬢さんは、ちょっと困ったことになっているようね。お母さまが心配なさるの

も、よくわかるわ」

卯野は「そうねえ」と答え、風呂敷包みを持ち直す。

里世の恋は、どうなってしまうのだろう。

気にしつつ、卯野は家を出、番町に向かった。

人ごみを縫って歩きながら、里世の悲痛な目を、どうしても思い出してしまう。里世の恋は、さらに苦しいものになってしまっているのだろうか。

それを憂うなら、自分の恋も、だ。

虎之介に婿養子の話が来ている——。それ自体は珍しいことではない。卯野が武井家で世話になっていたときにも一度、そんな話が舞い込んできたことがあった。しかし虎之介は見向きもせず、すぐに断ってしまったので、奥方の美津ががっかりしていたのを覚えている。

ところが今回は違う。虎之介が前向きに話を受け止めようとしている。

しかも、そんな気持ちになるよう背中を押してしまったのは、卯野自身。落ち込むやら、焦《じ》れるやら、自分に腹が立つやら。

それだけではない。やはり気になる、亀島橋で助けたあの娘——。

ため息をつきそうになったのを、卯野は、風呂敷包みを抱く手に力を入れ直すことでこらえた。虎之介のことを考えてはいけない、今から仕事なのだから——。

いつもより顎《あご》を上げ、しっかりと前を向き、ひたすらに卯野は歩いた。

番町は、大番組《おおばんぐみ》の組屋敷のある町だ。

大番は、主に江戸城の警護を担う役である。他に、京の二条城、大坂城の警護も担当する。

初音の父は、松原秀十郎《ひでじゆうろう》といい、大番組の与力であった。

屋敷を訪ねていくと、話はちゃんと通っており、愛想よく迎えてくれた女中が奥の部屋に通してくれた。

初音は、鏡台の前に座り、卯野を待ちわびていたようだ。卯野が襖《ふすま》の外から声をかけると、勢いよく振り向いた。その途端、互いに「あっ」と声を上げる。

「まあ、先日の――」

まったく同じ言葉が重なり、ふたりは驚きに見開いた目を見合わせた。

鏡台の前にいたのは、亀島橋で助けたあの娘だったのだ。

「驚いたわ、あなたがお卯野さんだったのですね」

「あなたが初音さん――」

初音は、この偶然を喜び、微笑んでいる。しかし、卯野のほうは咄嗟《とつさ》に、強張《こわば》った笑みを浮かべることしかできなかった。初音を抱いて去ってゆく虎之介の背を、また思い出してしまったのだ。

それでもすぐに自分を諌《いさ》め、気持ちを切り替えた。

「本当に驚きました。お体の具合は、もうよろしいのですか」

卯野は、初音のそばに、にじり寄った。

「はい。からだが冷えて気分が悪くなっただけなんです。随分と長いこと、橋の上にいたようで」

「どなたかと待ち合わせでもなさっていたのですか」

「いえ、ただぼんやりしていただけ。あの橋が好きなんです」

あの橋の、いったい何が好きなのか——。特別な魅力のある橋だとは思えない。

理由を訊ねてみたかったのだが、初めて会ったも同然の、しかも髪結いの客に対して、深追いをすべきではない。卯野は、

「私も実は、橋が大好きなんですよ。八丁堀に暮らしていたころから、ひとりでこっそり出かけては日本橋や江戸橋のたもとに立って、きれいな女の人たちの後ろ姿に見惚《みと》れていました」

と笑いながら風呂敷包みを開いた。

改めて、初音という娘をじっくりとながめてみた。実年齢の十九よりもひとつふたつ上に見える、大人びた娘だ。

「朝から待ちわびておりましたのよ」

鏡の中の初音の頬が、やわらかく緩む。

「志織さんから、お話をたくさんうかがっているの。私も、絶対にお卯野さんに髪を結っていただきたくて」

卯野は解《ほど》かれている髪の様子を見ながら、風呂敷包みから、まずは襷《たすき》を取り出した。きりりと掛けると、これから仕事を始めるぞ、と気が引き締まる。次に愛用の櫛《くし》を取り出し、並べた。

「では、失礼いたします」

まずは、初音の髪に触れてみる。

「まあ、やわらかくて気持ちのいい髪」

ふわふわした、空気をたっぷりと含んだ髪だ。まとめにくいと言えば、実にまとめにくい質《たち》の髪なのだが、卯野は、こういった髪に触れるのが大好きだった。

解き櫛を手にし、ゆっくりと梳《す》いてゆく。髪結いに没頭し始めると、胸の中の憂いはすっかり消える。椿油《つばきあぶら》を多めに使い、しっかりとまとめ、髷《まげ》を高めの位置にして、きりりとした印象になるよう結ってみた。

初音は、いかにも武家の娘らしい女だ。背筋が、常にぴん、と伸びている。それが実に自然な様子で、意識してそうしているのではないことがよくわかる。おそらく、髪結いも上手なのだろう。縫いものも、花を生けるのも、料理するのだって得意に違いない。

しかも、初音は美しい。聡明で、やさしい。こんなひとと幼いころからの友だちで、姉妹のように過ごしているという志織のことが、うらやましくなってきた。

「いかがでしょう」

結い終えて、卯野は手鏡を初音に渡した。初音は、合わせ鏡の中の自分を熱心にながめている。ためつすがめつした後で、うっとりと微笑んだ。

「志織さんがお卯野さんの髪結いに夢中になる気持ちが、本当によくわかるわ」

「お気に召していただけましたか」

「もちろんよ」

飾りは派手にしなかった。鼈甲《べっこう》の櫛、簪《かんざし》は深紅の珊瑚《さんご》。しかし、櫛には貝殻が入っているので光が当たれば虹色の輝きが生まれるはずだ。

満足してもらえて、ほっとしたところで卯野は、風呂敷包みに入れてきた例の手絡へと手をのばした。さりげなく取り上げて、

「本当は――」

何気なく話を始めた。

「こちらの手絡をお勧めしようかしらと思って、用意してきたんですよ」

「あら、なあに」

初音は、鏡を返しながら卯野の手元をのぞき込んだ。

初音がどういう娘なのかわからなかったため、印象の違うものを三つ、用意してきた。ひとつは、可愛らしい娘に似合いそうな、白地に桜色の桜が舞う端ぎれで作ったもの。ふたつめは、きりりとした娘に似合いそうな、赤と黒をうまく組み合わせて昼夜帯《ちゅうやおび》のように見えるようくふうしたもの。三つめは、いかにも武家の娘に似合いそうな、地味めの紅を使った矢絣《やがすり》。

初音はどれに興味を示すだろうと、卯野は、わくわくしながら待った。

ところが初音は、三つとも手にとってはみるものの、作り笑いを浮かべながら返してきた。

「きれいな手絡ね」

褒めてはくれるのだが、さほどの興味を持たなかったのは見るからにわかる。

「私は、この髪で満足よ」

今日の、卯野の髪結いを心から気に入ってくれているようだ。それはそれで嬉しい。しかし、あれこれくふうした、卯野と花絵、そして八重の自慢の手絡に誰もが興味を示してくれるわけではないのかと、がっかりするやら、今までの自信が揺らいでしまうやら……。

そんな卯野の様子に気づいたのか、初音は桜の手絡を改めて取り上げて、

「これ、志織さんにお似合いじゃないかしら。あの子が選びそうだわ」

笑顔で卯野の目をのぞく。

「そうですねえ」

卯野が頷いたところへ、その志織が飛び込んできた。

「髪結いは終わりましたか」

挨拶もなく、初音の横に座り込む。そして、前から横から後ろから、初音の髪の仕上がり具合を確かめている。

「うん」

大きく頷く。

「すてきだわ。きれい。よくお似合いよ。さすが、お卯野さん」

卯野を振り向き、褒めていたかと思うと、目ざとく三つの手絡に気がついて、

「見せてくださいな」

目を輝かせ、手に取った。

「八重さまが縫っていらしたのが、こんなふうに仕上がるのね」

「はい」

「きれいだわ。三つともすてき。これは、初音さんのために持っていらしたのですか」

「はい、そうなんですが……」

「私には似合わないと思うのよ」

初音が、申し訳なさそうに言った。

「あら残念。でも、私は好きよ」

これがいい――と、やはり桜のを選んでいる。

「他にも見ていただきたい柄のものがありますよ。次の髪結いのときにお持ちしましょう」

ここぞ、と卯野は売り込んだ。

すると初音が、感心したように呟《つぶや》いた。

「お卯野さん、つい先日まで八丁堀のお嬢さんだったのですよね。それなのに商いがすっかり身についていらっしゃるようで……驚いたわ」


初音のその言葉を嚙《か》みしめながら、卯野は次の仕事場へと向かった。

そちらでも、自然な流れになるよう様子を見ながら手絡を取り出すことができ、話を聞いてもらえた。やはり、志織のように食いつくような勢いで興味を持ってもらえるばかりではないのだが、こうして少しずつ広めてゆけばいつか大きな話題になるかもしれない。〝恋を叶える髪結い〟の噂《うわさ》がじわじわ広まっていったように。

帰り道も、あれこれしみじみと思いながら辿《たど》った。

住まいに戻り、腰高障子を開けてみると、なにやら妙ににぎやかだ。

「おかえりなさい」

楽しげな声で迎えてくれたのは、花絵だった。

「いらしてたの、花絵さん」

嬉しくて、草履を蹴散らしながら脱ぎ、土間を上がった。八重が眉をひそめ、いかにも『はしたない』と、たしなめたそうにしているが、気にしない。

「志織さんのお友だちの髪結いに行ったのよ」

話しながら見ると、八重の隣に、ひっそりとお梶が座っていた。

「まあ――、気づきませんで……」

恐縮する卯野に、お梶は会釈する。その控えめな様子とは対照的に華やかに、花絵が微笑んだ。

「お母さまがあたしに会いたがっていらっしゃるって、お卯野さん、言っていたでしょ。だから、遊びに来てみました」

「私に会いに来てくれたわけではないのね」

ふくれてみせると、花絵は声を上げて笑った。

「武井の奥方さまのおつかいでも、あるのよ」

「これをいただきましたよ」

八重が、菓子鉢に盛った饅頭《まんじゆう》を示した。ひと口で食べられる大きさの、薯蕷《じようよ》饅頭だ。

「嬉しい。私、おなかがぺこぺこよ」

　卯野が、早速、おやつにいただこうと、まずは道具を片づけに二階へ上がっているうちに、

「それではあたしは、そろそろ失礼いたしますね」

暇を告げる、お梶の声が聞こえてきた。そのまま、帰ってしまったようだ。自分が戻ったことで、またお梶を追い立ててしまったかと申し訳ない気持ちになりながら降りてゆくと、花絵が、

「あたしが来たときには、もう帰りたそうにしていたのよ。うまいきっかけになっただけだから、お梶さんにとってはむしろ、ありがたかったと思うわよ」

と教えてくれた。

「でね、お梶さんにも話をしてみたのだけど」

花絵は、卯野が座るなり商いの話を始めた。

「手絡のこと、手を貸してくれるって。お針は、お母さまとお梶さん、ふたりにおまかせしましょう」

卯野と花絵は、どんな端ぎれでどんな手絡を作るのか考え、それをどんなふうに広めて売り出してゆくのかも考えた。

「端ぎれで作るから、この世にひとつしかない手絡になるというのも売りになるかし

ら」

卯野が言うと、花絵は大きく頷いた。

「いいわね、自分だけの特別なものって、いいわ。それを喜ぶ女のひとたちがたくさんいるに違いない。——お卯野さんも、少しは商いというものがわかってきたようね」

偉そうな言葉を装ってはいるが、本気で感心してくれているようだ。

「先ほど、初音さんにも褒めていただいたのよ、八丁堀の娘だったとは思えないわね——って」

身のまわりの何もかもがひっくり返ってばらばらになるほど大きな出来事の末、今はこうして町の者として生きているわけだが、確かに、自分でもびっくりするほど馴染《なじ》んでいる。

「つい先日までは、あたふたしていらしたのにね」

「私は驚きませんよ」

八重が言い、卯野と花絵はそちらを見た。

「元々、こっそり出かけては橋のたもとでうっとりと他人様《ひとさま》の髪を見ていたり、女髪結いに興味を持ったり、武家の娘にしては軽はずみというのか変わっているというのか——八丁堀の奥方たちには妙な目で見られていた子ですからね」

すべては当然の流れの中で起きたことなのでしょう——しみじみと、八重は続ける。

八重が、周太郎が亡くなったあと、浅岡家をたたむと決めたのは直感だったという。あれこれ悩む間もなく、たたんでしまおうという言葉が胸に浮かび、それがあまりに自然な思いだったため、正しいと信じてそのまま動いた。

「今だから言えるけれど、ここに越してきた最初の晩は、本当によかったのかしらと不安でしたよ、実は。こんなところで本当に生きてゆくのかしら、生きてゆけるのかしら──と」

住まいも、周りにいる人々も、すっかり変わってしまった。それは、天地がひっくり返るのとおなじくらいに大きな衝撃だった。

「なぜ、あんなに大胆な行動に出られたのか、あのときの気持ちは今でもよくわからないわ」

八重の口から初めて出た、あまりにも素直な気持ちに、卯野も花絵も驚いていた。

「もしや──、お母さま、八丁堀を出たことを後悔していらっしゃいますか」

おそるおそる卯野が訊くと、八重はきっぱりと首を振った。

「まさか。これが正しいことだった。今の毎日を、私は楽しく過ごしていますよ。何より、卯野、あなたが楽しく過ごしている。それが一番すばらしいこと。髪結いの仕事が好きなのでしょう」

「はい」

「あなたはきっと、女髪結いとして生きてゆくために生まれて来たのよ。その道を進むための分かれ道を見誤らなかったことを、母として私は誇りに思いますよ」

八重の目は、娘として胸が熱くなるほどやさしく輝いていた。

何度も、何度も卯野は頷いた。ありがとう、と言って笑いながらも涙がぽろぽろとこぼれ落ち、困ってしまったのだが、八重のほうは眉をひそめるばかりだ。

「なんなの、泣くようなことですか」

卯野は笑い声を上げ、それでも泣きつづけた。

八重はますます眉をひそめ、卯野は泣く。なんだか妙な様子になってしまったが、母と娘の心が今まで以上に近いところに寄り添ったような気がして幸せだった。

この場に花絵もいることを思い出したのは、思う存分、泣いたあとだ。卯野は照れくさそうに花絵を見、ごめんなさいね恥ずかしいわね、と謝った。そして、はっとした。

そこにいるのは、今まで見たことのない顔をした花絵だった。幼い子どものような、頼りなく儚《はかな》い、憧れを滲《にじ》ませた目。ないものねだりが叶わなくてつらくて、悲しみとわがままが混じったものを嚙みしめるかのように少し歪《ゆが》んだ口もと。

「いいわねえ」

夢見るように、花絵は呟いた。

「母と娘って、いいわね。あたしの母親はもういないから、うらやましい」

卯野は、咄嗟に何も言えなかった。

花絵にも、母はいる。ただ、名乗り合っていないだけ。

今、花絵の胸に浮かんでいる面影は、実母だろうか。それとも、育ててくれた継母なのだろうか。

三

「ああ、本当にすてきよ、初音さま」

うっとりと目を潤ませた志織が言った。

この言葉は、もう何度めになるだろう。志織は、髷やら前髪やら鬢《びん》やら、結われた髪の細かい部分をじっくりとながめ、飾りがどのように映えているかなども観察し、そして同じ褒《ほ》め言葉を繰り返す。

正直に言えば、そこまで称賛するほどの髪結いでもないように思われる。

もちろん、卯野の腕は確かだ。初音のような初めての客でも、髪の質をすぐに見抜いてそれに合わせて結っている。それは、素晴らしい才能なのだろう。添える飾りも、あるものの中からくふうして、自分で結うのでは思いつかない仕上がりにしてくれるのも、いい。

しかし、志織のように熱狂するほどでもないと、初音は思う。

そこはやはり、恋を叶えるむすめ髪結い、という評判が効いているからなのだろう。

恋が叶う――それは、初めて恋をしたような歳《とし》の少女たちにとっては〝夢が叶う〟と同じ意味を持つ言葉だ。初めての恋は夢。叶ってほしいと願うけれども、叶わないことのほうが多いとあきらめてもいる。

そこへ現れたのが、卯野だ。卯野に髪を結ってもらえば、恋が、夢が、叶うかもしれない――。

となれば、志織のように素直で可愛い娘たちの心は、浮き立ってしまうに違いない。

――などと、お姉さんぶってみるのだが。

初音は、こっそりと苦笑した。

初音もやはり、志織とおなじだ。卯野に髪を結ってもらう前よりも今は、ずっとずっと心が浮き立っている。自分で結うより、きれいになれた。

「ねえ初音さん、私、やっぱりお卯野さんたちの手絡を、もっともっと見てみたいわ。叶屋さんで売り出すのよね、他の娘たちより早く、詳しいことを知りたいの」

志織は熱心に話し続ける。初音は、そうねと頷きながら、武井虎之介のことを思い返していた。

あの日、卯野と別れたあとで名乗り合い、互いが誰であるのかを知り、ふたりとも大いに驚いたものだった。

虎之介については、志織からよく話を聞いていた。そこから想像されるのは、口うるさいが頼りになる、面倒見のいい気さくな男。しかし、他の娘たちからは、また違った姿が面白おかしい噂話として流れてくる。そちらでは、随分と派手に遊んでいる、いいかげんな、浮かれた色男であるかのような印象だ。どちらが本当の姿なのだろうと興味を持っていた。

あの翌日、虎之介は、具合はどうかと気にかけて、わざわざ訪ねて来てくれた。一晩、あたたかくして寝ていたので、すっかり元気にはなっていたのだが、食欲がわかず、何も口にする気になれずにいたのを、虎之介は陽気に叱り飛ばした。

『食わねえと、治るもんも治らねえぞ』

そんなことだろうと思ったのだと言い、妹のお勧めだという卵焼きを持ってきてくれていた。出汁《だし》がたっぷりと入った、やわらかな卵焼きだ。

せっかくの心づかいなのだからお義理で少しだけ、と口をつけたのに、意外に旨《うま》くて食べやすく、ぺろりと平らげてしまった。

ほんのりと甘い卵焼きのおかげで気持ちもやわらぎ、その後、ぽつぽつと話をした。

『それで、なぜあんなところにひとりで突っ立っていたんだ』

虎之介に訊ねられ、気づけばその理由も話してしまっていた。

なぜ、亀島橋に出かけてゆくのか――初めて、他人に打ち明けた。理由どころか、川に出かけてゆくこと自体、家の者にも、もちろん志織にも、話したことはなかったというのに。

あの橋で、あの子と出会ったこと。あの橋で、あの子が殺されたこと――。

初音が淡々と語るのを、虎之介は黙って聞いてくれた。それが、とても嬉しかった。

虎之介に対する評価はやはり、娘たちの好き勝手な噂話よりも、志織が語る姿のほうが正しかった。やさしくて、頼もしい男だ。

もっとも、噂も嘘《うそ》ばかりでなく、皆がその名をつい口にしたくなってしまうようないい男であるのは間違っていなかった――そう思い、初音は、ふっとくちびるに笑みを浮かべた。

手絡だ叶屋だ卯野だと騒いで、話し続けていた志織が、初音の微笑に気がついた。

「私の話、聞いていらっしゃらないでしょ」

「そんなことないわ」

取り繕ったのだが、くちびるから笑みは消えない。

「嘘よ。他のことを考えていらっしゃる」

ぷくっと頬をふくらませる志織は、いつものように愛らしい。

「違いますよ、ちゃんと聞いていますよ。次にお卯野さんに髪を結っていただくときが楽しみね。きっと、志織さんにお似合いの手絡をたくさん持ってきてくださるに違いないわ」

「そのときには初音さんも、いらしてね。一緒に見せていただきましょうよ。初音さんにお似合いのものも持ってきてくださるよう、頼んでみましょう」

と言われても、初音にそこまでの熱意はない。しかし、卯野にはまた髪を結ってもらいたい。

お江戸の娘たちの恋を叶える――夢を叶える髪結い。初音も、ひそかに抱《いだ》いているこの夢が叶うようにまた、卯野の髪結いに願掛けをしたい。


卯野と花絵は、試しの手絡がいくつも溜《た》まったので、それを叶屋へ持って行き、お絲に見てもらうことにした。

仕事帰りに、卯野が花絵を誘いに武井家へ行く。玄関で声をかけただけで上がりはせず、花絵を呼び出してもらった。出てくるのを待つ間、無意識につい、虎之介の気配がないかと奥の様子を気にしてしまう。

やがて花絵がやって来て、ふたりは出かけたのだが、歩き出すとすぐに花絵が言った。

「虎之介さまは朝からお出かけよ」

「ああ……」

卯野は、半端な唸りで返事をした。咄嗟に言葉が出なかったのだ。なぜ、虎之介がいるかと気にしたことを花絵に見抜かれたのか、わからなかった。

「お卯野さんて面白い」

花絵は、肩をすくめながら笑った。

「何かあるといつも、虎之介さまに報告に来るでしょう」

「……いつも、だったかしら」

「いつも。必ず」

卯野は、また言葉に詰まる。

確かに、何かあるごとに『虎之介さまに聞いてもらいたい、お話ししなくちゃ』と武井の屋敷に、せっせと通った。

「あたしはお卯野さんのそばにいる友だちだから、一番に気づきやすかったのだとも思うけれど、本当にわかりやすくて。面白い——それでは言葉が悪いわね、可愛い」

「気づいたって、何に気づいたの」

わかってはいるのだが、とりあえず自尊心を守るために訊いてみた。

「それはもちろん〝お江戸の娘たちの恋を叶えるむすめ髪結いの、自分自身の恋〟でしょう」

ずばり言われて、卯野は困った。ここは、なんと答えておくべきだろう。

黙ったまま、楓川《かえでがわ》を渡る。花絵が今、どんな顔で卯野を見ているだろうと思うと顔を上げることができず、つい俯いてしまう。さらには、早足にもなってしまう。

しかし、向こう岸に着いたところで覚悟を決めた。

「……わかりやすかったわよね、確かに」

思いきって顔を上げた。

すると、こちらをのぞき込みながら歩いていた花絵の顔にあるのは、やさしい笑みだけだった。卯野も、ほっとして微笑んだ。

「とても素直なひとだから、あたしはお卯野さんのことが大好き」

おなじ言葉が、卯野の胸にも浮かぶ。

「私が花絵さんを好きな理由も、それ」

「あたしは、素直すぎてわがまま。お卯野さんのほうは、素直で可愛い。ずいぶん違うわよ」

「それを自分で言えるところが好きなのよ」

ふたりはしばらく、互いを褒め合いながら歩いた。そのうちに褒め殺し合いのようになってきて、最後は大笑いをして終わる。

叶屋をめざして歩く途中、日本橋から続く通りを横切りながら、卯野は里世の姿を見た。日本橋に向かい、不自然に真っすぐ前だけを見て歩いてゆく。声をかけるには遠すぎたので、立ち止まることもなく、ただ目をやっただけだ。

「どうかしたの、お卯野さん」

花絵が気づき、卯野の視線を追った。

「お客さまを見かけたの。ほら——、宗屋のお里世さん」

「ああ、よ組の与三郎に夢中になっているあの娘さん」

「なんだか様子が妙」

まだ後ろ姿は見えている。あざやかな緋縮緬《ひぢりめん》の帯が、人ごみの中でも目立つのだ。

「あの子、前にいる男を追いかけているんじゃないかしら」

花絵が立ち止まり、眉をひそめた。

卯野も背伸びしつつ見てみると、里世の前方を与三郎が歩いている。

「与三郎さんだわ……」

「本当だ、与三郎。あら、女連れ……。確かに妙な様子ね、与三郎は振り向きもせず知らん顔、でもあの子は——」

里世は、ぴんと背を伸ばし、力強く自信満々の足どりでついて行くのだ。与三郎にぴったりとくっついている女は、気にならないのだろうか。それとも、そんな女などいないふり、見えないふりを決め込んでの空元気なのか——。

卯野と花絵は目を合わせると、黙ったままで歩き出した。互いに、なにを言いたいのかはわかっていた。憐《あわ》れね――。しかし、それを声に出すのはせつなすぎる。

紺地に白抜きで染められた叶屋の暖簾《のれん》が見えてくるころになり、花絵が、里世のことなど忘れたような明るい声で、

「お卯野さん、恋を叶える髪結いが自分の髪も結っているのだから、この恋が叶うよう、これからは願を掛けながら結うといいわよ」

やさしく言うので、卯野の胸はあたたかなものでいっぱいになる。

けれどもその一方で、今見たばかりの里世の背中を思い出した。想って、願って、それでも叶わないとき、卯野もおなじようになるかもしれない。あるいは、叶うことがあったとしても、その先はどうなるのだろう。

今までは、ただ浮かれていたが、この恋を現実のものとして考えてみると、なぜだろう、なにか怖いような気がしてくる。

叶屋で、まずふたりを迎えてくれたのは、花絵の義兄の惣三郎だ。

「商いのことで来たんですからね。遊びに来たとか、わがままを言いに来たとかではありませんよ」

花絵は、相変わらず惣三郎には反抗的で、つんと顎をそらしている。

惣三郎のほうは気にもしていないふうで、なんの反応も見せずにふたりをお絲の寝間

へと導いてゆく。すっかり余裕のその態度が、もちろん花絵は気に食わず、くちびるを尖《とが》らせて黙り込んでいる。

「――花絵さん」

見かねた卯野が肘《ひじ》でつつくと、花絵は渋々、くちびるを元に戻した。

お絲は、今日も床の中だった。しかし、身を起こし、背筋を伸ばしてふたりを迎える。惣三郎がすばやく近づき、お絲が起きていても苦しくないよう脇息《きょうそく》をあてがったり、目をのぞき込んで具合はどうかと訊ねたり、甲斐甲斐《かいがい》しく世話を焼く。

するとまた、花絵が面白くなさそうに鼻を鳴らした。しかし、お絲がこちらを見るとすぐ、自分も背筋を伸ばして相対する。

「ふたりとも、立っていないでお座りなさいな」

今日も、お絲の声は病人とは思えないほど芯がしっかりとしたものだ。その声に導かれ、卯野と花絵は、寝床の脇に腰を下ろした。

「今日は、お姉さんにこれを見ていただきたいと思って来ました」

花絵が言い、卯野は風呂敷包みを開いて持ってきた手絡を出す。

「あら、きれいだこと。これは、八重さまが縫われたのかしら」

「はい。母と花絵さんと私とで、意見を出し合って作りました」

お絲が手を差し出すので、花絵がいくつか取り上げて渡す。

お絲は、ためつすがめつして手絡を確かめている。その間も、惣三郎が寄り添い、お絲があまり動かずとも見たいものが見られるようにしてやっている。

すてきな夫婦だ――と、卯野は見惚れた。

しっかりとした絆《きずな》で結ばれているのがわかる。これが、恋が叶った先にある姿なのだろう。そう思い、自分と虎之介を重ねてみた。その途端、心臓が速すぎるほどに鳴り始めて、隣にいる花絵に聞こえてしまうのではないだろうかと心配になり、ぎゅっとまぶたを閉じて虎之介の姿を胸から追い出す。

幸い、花絵はお絲の反応を息を凝らして見つめており、卯野の胸の音には気づかなかったようだ。

「そうね」

お絲は深く頷いた。

「さすが八重さま、見事な仕上がりです」

「お卯野さんが、仕事の先で、何人かの娘さんに試しに作ったものを見ていただいて来たの」

ね、と花絵が卯野を見る。

「それで、娘さんたちの反応は」

「気に入ってくださって、もっと見たいとおっしゃいました。でも、興味を持ってくださらない方もいらっしゃいました」

「それは、どんな方かしら」

「武家の娘さんです」

「おいくつの方」

「十九です」

お絲は、自分の手にあるもの、まだ風呂敷の中にあるもの、すべてに目をやりながら何か考え込んでいる。卯野と花絵は、息を殺してお絲が次に何を言うのかを待った。

「そうね。お卯野さんや花絵が考えつくものがほとんどだから、ふたりの好みに偏りすぎているかもしれない」

「可愛らしいものばかり、ということでしょうか」

卯野が問うと、お絲は、答えるでもなく呟いた。

「もっと落ち着いたものもあるといいけれど――」

そして、唸るように息をついたあとで言った。

「まずは、お卯野さんを〝恋を叶える髪結い〟として特別に思っている娘さんたちにお客の層を絞った商いにするつもりなのですものね、はじめから誰にでも認められようとするのは間違っている」

「今のままでもいいということですか」

「ええ。でも、だとしたら叶屋には、すぐに置かないほうがいいかもしれない」

「叶屋に置いてはだめということですか」

花絵が、不満の声を上げた。

「そうではなく、あなたたちが新しいことを始めようとしているのに、今ある叶屋の品に紛れてしまったらもったいないということよ」

「そのほうが簡単に売れるのに……」

花絵は納得がいかないようだ。するとお絲は、花絵を厳しく見据えた。

「楽をしようと考えているのなら、ますます叶屋に置くわけにはいきません」

「別に、楽をしたいわけではないのよ」

花絵は、しゅんと小さくなった。

「あたしは、叶屋の商いに加わりたいだけで……」

そんな花絵を見ているうちに、卯野は、ふと思いついた。

「まず、白屋さんに置いていただくというのはどうでしょう」

「白屋さん……」

お絲は、問うように卯野を見た。

「叶屋さんには、娘さんたちのあこがれの品がたくさんある。でも、あこがれには手が届かない娘さんたちも大勢いる。小間物屋《こまものや》の白屋さんなら、たくさんの娘さんが気軽に立ち寄れるのではないでしょうか」

「なるほど……」

軽く頷きながら、お絲は花絵をちらりと見た。花絵は、白屋の名が出ても知らん顔をしている。

小間物屋の白屋のお内儀《かみ》は、花絵の実母のお喜美《きみ》だ。白屋にこの手絡を置いてもらうのなら、花絵の商いをお喜美に手伝ってもらうということにもなる。それをお絲がどう考えるか――。

お絲は、卯野が花絵とお喜美の関係を聞いていることを知らない。だから卯野は白屋の名を出せたのだ。しかし、お絲はどんな反応を見せるか――内心、不安で胸が鳴る。

しかし、お絲は特別な反応を見せなかった。しばらく卯野の提案を吟味していたあと、独り言のように言うだけだ。

「そうね、白屋に限らず、まずは小間物屋に卸すだけにしてみるのもいい手かもしれない。そのときには、値付けを考え直してみましょう。ゆくゆくは叶屋にも置くとして、そのときには小間物屋にあるのとは値段を変えて、より品質の良いものにして……」

お絲のなかで、商いの筋道が立て直されているようだ。

なかなか気の張る、お絲とのやりとりを終え、疲れの出始めているお絲を気づかいながら寝間を出た。

花絵は黙っているので、卯野が白屋の名を出したことについて何を思っているのかはわからない。そのまま、肩を並べて歩いていると、惣三郎が追いかけてきた。

「お卯野さん、いいかな」

立ち止まり、ふたりが振り向くと、惣三郎は卯野だけを見ていた。

「お絲が、言い忘れたことがあると言ってね」

「なんでしょう」

「八重さまになにやら言づけがあるようだよ。少しだけ――いいかな」

卯野にだけ、お絲の寝間に戻ってほしいというのだ。

「あたしは待っているから、いいわよ。一緒に帰りましょうね」

花絵は、さっさと玄関へ行ってしまった。戸惑いつつ、卯野も惣三郎について戻った。

寝間に入ると、お絲はもう横になっている。半身を起こしてもいられないほど疲れているのだろう。本当にいいのか――と恐縮しつつ、卯野は惣三郎を振り向いた。すると、惣三郎はやさしく頷く。

「どうぞ、いらして」

お絲も、細い腕を布団から出し、寝床のかたわらを示す。卯野は、そっとそこに腰を下ろした。

「母に言づけがございますとか……」

「ごめんなさい、それは嘘」

弱々しく、お絲は笑う。

「もう元気が残っていないので、率直に訊ねます。お卯野さんは、花絵の実の母親のことをご存知なのかしら」

「はい」

卯野も、率直に頷いた。

「花絵さんから、うかがっております」

「あの子が、自分から話したのね」

お絲は、まずは目を見張り、そのあと嬉しげに顔を輝かせた。

「花絵は心から、お卯野さんのことを信頼しているのねえ」

卯野は、ほっと胸を撫で下ろした。

「よかった……。白屋さんに置いていただいたら——と言ったら、お絲さまは気分を害されるのではないかと心配でした」

「あら、なぜ」

「お絲さまが、お喜美さんのことをどう思っていらっしゃるのかわからなかったので」

「お卯野さんは、お喜美さんとは親しいのかしら」

「はい。髪結いのご贔屓《ひいき》さんなんです。娘さんたちの髪も結わせていただいています」

「花絵の妹たちね」

「はい。可愛らしい娘さんたちです」

「そう……」

「この商いを通じて、花絵さんが、白屋のみなさんと親しくなれたら――と思ったのですけれど、余計なことでしたでしょうか」

卯野は先日、花絵が、自分たち母娘をうらやましそうに見ていた話をした。自分にはもう母親はいないと言っていた花絵。しかし、実際には実母のお喜美がいる。

「私は、花絵に母のことも姉妹のことも受け入れてもらいたいと思っています」

お絲は、きっぱりと言った。

「白屋の人たちのことをどう思っているのか、あの子は私にも何も言わないの。私の母が、あの子をとても可愛がっていたし、あの子も実の母と変わらないほど懐いて、わがままも言って困らせて。それでも何か遠慮はあったのでしょうね、自分には実母がいることを幼いころから聞かされて知っていたのに、気にもかけていないという素ぶりをずっとしていた。実母を恋しがったりしたら、母や私が寂しがると思っていたのかもしれない」

実際、そう語るお絲の目はせつなげに陰る。それでも気丈に「でもね」と続けた。

「私はこんなだし、いつまであの子を守ってあげられるかわからない」

「そんな……」

「いいえ本当のことよ。だから、花絵が心配でたまらないの。いつか私がいなくなっても、あの子が寂しくないように——実の母や、私以外の姉妹がせっかくいるのですもの、よい関係が築けたらと思うのですよ」

お絲のその言葉には、花絵への愛情があふれんばかりに込められている。卯野は胸がいっぱいになり、ただただ頷くことしかできなかった。

「お卯野さん、あなたが花絵のそばにいてくださることに、私は感謝の気持ちでいっぱいです。——ありがとう」

卯野の頰に、とうとう涙がこぼれてしまった。


また惣三郎に連れられて、花絵のもとに戻る。玄関へと向かいながら、惣三郎はずっと黙っていたのだが、花絵の姿が見えてくると、

「ありがとう」

ぽつんと呟いた。卯野が思わず、惣三郎をふり仰いだとき、

「やっと戻ってきた」

花絵が元気な声を上げる。

「さ、帰りましょ。そうだわ、お義兄《にい》さん、お姉さんに何かあったら――」

「はいはい、すぐに武井さまのお屋敷に使いを飛ばすよ」

「絶対よ」

花絵が惣三郎に噛みつき、惣三郎は花絵を適当にあしらう。すっかりにぎやかな気分に戻り、卯野は花絵と共に叶屋を出た。

四

『どこから来たの』

『知らない』

『どこの子なの』

『どこの子でもないよ』

『どこへ帰るの』

『今日はあの橋の下』

『明日、ここに来たら会えるのね』

『朝、来たらね。昼になったらどこかに行っているかもしれない』

それが、出会った日にあの子と交わした言葉だった。思い出しながら、初音は今日も亀島橋へと向かう。しかし今日は、ひとりではない。

「あの子が沈んでゆくのを、私はここから見ていたの」

初音は、不自然なほど欄干から離れて立ち、その場所を指さした。かたわらの虎之介が、渋い顔で川面《かわも》を見下ろした。

「八歳のときの話だと言ったな」

「ええ」

「その子の遺骸《いがい》は見つからず、どこからも子どもがいなくなったという声も上がらず――。つまり、ここで起きた、あんたが見たという殺人は、世間では起こらなかったことになっている」

「でも、私は確かに見たのよ、あの女があの子を抱き上げて川に落とすその瞬間を」

と言葉にするとやはり、思い出したくないものが眼裏《まなうら》に浮かんでしまい、初音は身をふるわせた。

「他には誰もいなかったのか」

「はい。見ていたのは私だけです」

「八つの子どもだ、あとから見た夢を本当のこととごちゃ混ぜにしてしまった可能性はないのかな」

「ありません」

きっぱりと、初音は答えた。それは、何度も自問してきたことだ。そのたびに、あの女の横顔がはっきりと思い出され、あれは決して夢の中の出来事ではなかったと自信を持つようになったのだった。

「どんな女だったんだ」

「子どもの目には、随分と歳をとっているように思えたけれど、おそらく今の私よりも五つくらい上の人だったのではないかしら」

「二十五、六……、三十に近いか。今でも、見ればその女だとわかるのか」

「ええ、自信はあります」

初音がこの橋に通うのは、あの子を川に落とした女を捜すためなのだ。いつかまた、この橋を通るのではないか、この近くに住まう女なのではないか……。

しかし、あれから何年も経つのに、まだ見つけられていない。

「言っちゃあなんだが――、あんたが大変なものを見てしまったのだということはわかる、だが、たった八歳のときの話だ。とっくに忘れてしまっていていいものなのに、なぜいまだ、そこまで犯人捜しにこだわるんだ。そんなに大事な友だちだったのか、その子は」

初音は、すぐには答えず、まず〝大事な友だち〟という言葉を嚙みしめた。

あの子と会ったのは、たったの三度、四度――五度ほどであったろうか。誰かに連れられて、父の知り合いを八丁堀に訪ねた帰り、初音は迷子になったのだ。ふらふらとさまよううち、亀島橋に出たらしい。

橋の上で、あの子に会った。

「汚れた顔の男の子だった。着ているものも泥や埃《ほこり》に汚れていた。お母さまがいたら、見なかったことになさいと顔を背けさせられたことでしょう」

けれども初音は、あの子の目に惹きつけられた。

「決して、きれいな目ではなかったわ。暗くて、陰気で、子どもらしい無邪気さはかけらもなくて。でも、静かに光っているの。まるで――真夜中にのぞき込んだ井戸の水面に映る、月のように」

「それは――子どものとは思えねぇ目だな。一体いくつの子だったんだ」

「わかりません。気にしたことはなかったわ。私とおなじくらいのようだったけれど、ひどく痩せていたからそう見えただけだったかもしれない。背は、ひょろりと高かった」

ひとりで心細げに歩いている幼い少女に、あの子は声をかけてくれた。迷子になったのだと言うと、どっちから来たんだ誰と一緒だったんだ、と訊ね、初音の連れを捜しに行こうと親身になってくれた。幸い、すぐに初音を捜しまわっていた者たちがやって来て、あの子の助けは必要なくなったのだった。

なぜか、あの子と離れがたいと思った。だから訊ねたのだ。

『明日、ここに来たら会えるのね』

翌日、というわけにはいかなかったが、しばらくのちに隙をみて屋敷を抜け出し、この橋まで来てみた。八歳の子どもには、いくらも行かないうちに怖くて涙が出てきたほどの大冒険だった。それでもあの子に会いたくて、初音は亀島橋までやって来た。

あの子は、いた。欄干に背を預け、所在なげに橋を行く人々を見ていた。初音を見つけ、ほっとしたように頬をやわらげたように思えた。

そのとき何を話したのかはもう覚えていない。しばらく一緒にいたあと、番町の屋敷まであの子に送られて帰った。

そんなことが何度か繰り返され、最後の日に、初音はあの恐ろしい光景を目撃したのだった。

初音は橋に駆け寄ろうとしていたところで、向こうはこちらには気づいていなかった様子だ。女は、あの子を川に落としたあと、下をのぞこうともせず、ふらふらと橋を渡っていってしまった。

前の晩に雨が降り、あの日、増水もしていた川の流れは速かった。ふるえる足をよう動かし、初音が欄干に辿り着いたときには、あの子の姿はもうどこにも見えなくなっていた。

泣きながら走って屋敷に戻り、自分の見たものについて訴えた。驚いた屋敷の者たちがすぐに亀島川に向かい、子どもの姿がどこかにないかと捜してくれたのだが、何も見つからなかった。そののちも、あの子の体はどこにも上がらず、あの子がいなくなったことを気にする者もひとりもおらず、それらしい女を知っているという者もいない。

「大川に流れ込んで、そのまま海に出ちまったかな」

虎之介は、川下を睨《にら》みながら言った。初音は目をつぶり、うつむいた。おそらくそういうことで遺骸も見つからなかったのだろうが、その様子を想像するのはつらすぎた。だから、この川の流れを見られない。あの子が落とされたあと、駆け寄って様子を見て以来、一度も橋の下をのぞいたことはない。

「忘れてはいけないと思うんです。私は――私だけは、あの子のことを忘れてはいけない。だって、あの子がこの世に生きていたことを知っているのは、きっと私だけなんですもの」

あの子を殺した女を捜し出せる見込みが薄いのは、初音もさすがにわかっていた。それでもこの橋に通わずにいられなかったのは、いつまでも捜し続けること自体が、あの子を忘れないことにつながるからだ。

「ああ――、なるほど」

虎之介は唸った。

「大事な友だち……」

初音は、その言葉を口にする。

「確かに、あの子は八歳だったころの私の大事な友だちで、そして、なぜ大事だったかというと——私はあの子のことを好きだったのだと思います。きっと、初めて恋した相手だったの」

いまだ、名前も知らない男の子。その正体すらわからない。それでも初音は、あの子に恋をしていた。ただ会いたい、という純粋な気持ち、たったの八歳、しかも厳格に育てられている武家の娘の初音が、屋敷を抜け出してでも会いたいと願った——強い気持ちを抱いた相手。あれが恋でないのなら、この世に恋など存在しない。

「うん——、なるほどな」

虎之介は、やさしく頷き、わかってくれた。

「なんにしても昔のことすぎるが——、その子がこの橋の下をねぐらのひとつにしていたというのなら、もしかしたら覚えている者が誰かいるかもしれねぇ」

「調べてくださるのですか」

「ああ。話を聞いちまった以上、気になる」

初音の胸は躍った。

「ありがとうございます」

そして、卯野の顔をすぐに思い浮かべる。

「すごいわ。お卯野さんの髪結いのおかげかもしれない」

「なんだそれは」

虎之介は、両の目をまんまるに見開いた。

「お卯野さんに髪を結っていただいたんです。恋を叶える髪結いって、つまりは夢を叶える髪結いということでしょう。だから、あの女を捜し出せますようにという願かけをしたの。どうしましょう、すごいわ、本当に叶ってしまうかもしれない」

急にはしゃぎ始めた初音に、虎之介は戸惑っているようだ。しかしすぐ、あたたかく微笑する。

「そうか、卯野の髪結いか。恋を叶えるだとか相当に吹かしたもんだと笑っていたが、意外に大したもんだなあ」

「虎之介さまは、お卯野さんとは——」

「あいつが生まれたときから知っている。妹みたいなものだな。——俺の大親友の妹だ」

「——浅岡周太郎さま……」

「うん」

いとおしげに、けれども寂しげに、虎之介は頷いた。

亡くした友を想う時間を虎之介がたっぷりと取れるよう、初音はそのまま黙っていた。

やがて、

「できるかぎりのことはしてみよう」

虎之介は、明るい顔を上げた。

「ありがとうございます。わざわざ——虎之介さまには何の関係もないことですのに」

「いや、関係ないということはない。俺とあんたには、なんだかんだと縁があるような気がして来ているよ」

虎之介は身をかがめ、顔をのぞき込むようにして初音と目を合わせた。

胸の中が、ふっと熱くなる。合わさった視線を、そらしたくなくなった自分に、初音は戸惑う。

「そろそろ戻るか」

初音の背にまわされた虎之介の手が、帯をそっと押した。

「また冷えたらいけねぇ」

ふたりで歩き出すと、なぜか足が軽くなり、まるで空を漂っているかのようにふわふわと楽しい。そのことに、また初音は戸惑う。

そのころ、卯野と花絵は神田佐久間町の白屋へ向かっていた。

お絲に、白屋に手絡を置いてもらうのなら、自分たちで交渉しなさい、あなたたちの商いなのだから――と言われたのだ。もっともなことなので、ふたりは素直に頷いた。

白屋へはまず、髪結いに出向いた卯野が話を持ち掛けた。花絵の名を出すときには、緊張で手が震えた。お喜美がどんな反応を見せるかわからず、怖かったのだ。しかし、お喜美は相変わらず肝が据わった様子で、ぴくりとも眉を動かさず、

『実際に、その手絡を見せていただかなくてはなんとも言えませんね』

と答えたのだった。

そこで卯野と花絵は今、いくつもの不安と期待を抱えながら白屋までの道のりを辿っている。

「花絵さん、本当に大丈夫なの」

卯野は、何度も訊ねずにいられない。

「何が」

「お喜美さんと会って、商いの話をすること」

「あたしが暴れたりするんじゃないかと心配しているのなら、平気よ」

「暴れるとまでは思っていないわ」

「だったら安心していらっしゃい」

花絵は不敵に微笑んだ。こちらも、すっかり肝が据わっている。ふたりは、よく似た

母娘と言えるのかもしれない。

白屋に着くと、卯野はいつものように勝手口へと向かった。

「あら、こちらに回るの」

花絵は店先に顔を出すものと思っていたようで、意外そうな顔になった。

「私はいつも仕事で来ているから、こちらからうかがうのが普通になっていたわ」

「なんだかとても親しい感じで、いいわね」

勝手口は開いていて、卯野が声をかけると、末娘のお小夜《さよ》が飛び出してきた。

「あ、前に会ったお姉ちゃんだ」

お小夜は、花絵を見ると嬉しげな声を上げた。

花絵とお小夜は一度、偶然、会っている。以前、白屋で紹介された客を卯野の住まいまでお小夜が案内して来たことがあったのだ。その客はお喜美の知り合いで、白屋に滞在していた。お小夜と客を白屋に送る途中、十軒店町《じっけんだなちょう》で花絵と行き合った。

「あたしのこと、よく覚えていたわね」

花絵は、お小夜に近寄り、やさしく頭を撫でる。

その様子に、卯野は驚かなかった。あのときも、花絵はお小夜にとてもやさしかったのだ。

「うん。きれいでやさしいお姉さんだったから」

はにかむお小夜の、その言葉に、花絵はおおいに気をよくしたようだ。

「お小夜ちゃんのおっ母《か》さんに用事があって来たのよ」

「うん。知ってる。だからあたし、待ってたの」

お小夜は、花絵の手を引き、勝手口から台所に引き入れた。すると、そこにはお小夜のふたりの姉が待っていた。長女のお夏《なつ》と、次女のお千《せん》だ。

「こんにちは」

ふたりは声を揃《そろ》え、卯野と花絵を迎えた。

卯野は、ちらりと花絵を見、お夏とお千の様子もうかがう。このふたりが、花絵と姉妹であることを知っているのかいないのか、わからない。今もふたりとも、特に変わった様子は見せていない。

三姉妹に導かれ、卯野と花絵はお喜美の待つ居間へ向かった。

卯野の緊張は高まっていた。暴れないという花絵を、もちろん信用しているが、実の母娘が顔を合わせたときに一体、何が起きるのかと気が気でないのだ。

「おっ母さん、お卯野さんと花絵さんがいらっしゃいましたよ」

お夏が声をかけると、火鉢の上の鉄瓶を見ていたお喜美が顔を上げた。まずは娘たちを見、卯野を見、それから花絵に目を移す。しかし、やはり特別な様子はない。

「ああ、ありがと。おまえたちは向こうで遊んでいらっしゃい。商いの話をするのだから ね」

「はい」

姉ふたりは素直に頷くのだが、お小夜はつまらなそうにくちびるを尖らせる。

「さ、行くのよ」

姉たちに両側から手を取られ、お小夜は仕方なさそうに出ていった。

「お座りくださいな」

お喜美は笑顔で言った。花絵は堂々と、卯野は緊張のまま、火鉢越しにお喜美の前に腰を下ろす。

「さっそくですが」

世間話のような前置きもなく、花絵は切り出した。

「お卯野さんからお聞き及びと思いますが、あたしたちの商いのお話です」

お喜美は重々しく頷く。

さすがに白々しくはなるだろうが、名乗り合いくらいはするだろうと思っていた卯野は、面食らい、口を開けずにいた。

このふたりが顔を合わせるのは、おそらく、お喜美が花絵を産んだとき以来なのではないかと思われる。それなのに、どちらもまったく動じていない。

「お卯野さんのお客さま方に似合いそうな手絡、でしたね。白屋に置いてもらいたい——と」

「はい。まずは見本を見ていただきたくて。持ってまいりました」

それを包んだ風呂敷を抱えていたのは卯野だ。あわてて膝の上で広げ、うやうやしくお喜美の前に置く。お喜美も神妙な顔で手絡をひとつ、手に取った。卯野と八重が、文様が半端にしか残っていない端ぎれから苦労して切り出し、継ぎはぎして、しかし縫い合わせた跡は見えぬようにと生み出した、椿《つばき》の手絡。

「きれいですね」

最初の一言は、それだ。それから、丹念に出来を確かめ始めた。

「八重さまが縫われたのですよね」

訊ねながら、別のものも手に取る。

「はい。私と母とで端ぎれの組み合わせを考えて、母が縫いました」

「さすがのお手だこと」

出来は素晴らしい、しかし、元は叶屋で出た端ぎれをくふうしたものですよね——お喜美は、そのことをずばりと指摘した。

「娘さんたちが、容易に手に取れる値で売れるよう、卸していただけるのですよね」

「もちろん」

花絵が、にっこりと笑ってみせる。

「そのために、まずはこちらに置いていただきたいと思っているのですもの。いきなり叶屋に置くのでは、値が張りすぎてしまいますからね。それでは、あたしの友だちだって気軽に手を出せないと言うわ」

そのあとしばらく間をためて「でもね」と、つなげる。

「こちらに置いていただく前に、お卯野さんのお客さまたちに見ていただいて、評判を広めていただいているところなんです。大人気の恋を叶えるむすめ髪結いが勧める手絡が、あまりにも安っぽく売られているというのは困るわ」

「では、いかほどの値で」

お喜美も微笑み、訊ねてくる。そして、ふたりの間で卸値の駆け引きが始まった。

卯野にはまるでわからない話で、ただおとなしく聞いていることしかできない。すべてを花絵にまかせながら、大親友の意外な顔に舌を巻いていた。商人としての花絵は、なかなか大したものだ。

ほどなく、交渉はうまいところに着地して終わる。

このまま、ずっと離れて暮らしていた母娘の対面という特別なものはなく終わってしまうのだろうか。それはそれでいいのかもしれないと卯野が思い始めたころになり、花絵がさりげなく口を開く。

「安心したわ」

お喜美に真っすぐな目をやり、微笑む。

「あたしを、ひとりの商いの相手として見てくれて。ありがとう」

「……どういうことかしら」

「あたしが、あなたの産んだ子どもであることをまったく気にせず、話をしてくれたことに対するお礼よ」

お喜美は、呆気《あっけ》にとられた表情になった。そのまましばらく口をきけずにいたところを見ると、花絵がこう出てくるとは思ってもいなかったのだろう。

卯野も驚いていた。まさか、花絵が「ありがとう」と言うとは思ってもいなかった。お喜美に対して母娘であることを匂わせる発言をするなら、恨みごとや厭味《いやみ》とまでは言わないが、ちくりと刺すような一言に違いないと思っていたのだ。

「それは――」

お喜美は口ごもりつつ、言葉を探しているようだ。

「当たり前のことですよ。この手絡の出来栄えは素晴らしいし、お卯野さんの腕や評判もあるし、いい商いになるのはわかっている。あなたが私の産んだ子であろうとなかろうと、それは変わりません。せっかくのいい商いを、ばかばかしい私情で逃してなるものですか」

最後には、花絵に負けない強気の笑みを浮かべてみせた。

実に奇妙なやりとりではあったが、それがふたりの、母娘としての名乗り合いにもなったようだ。

「じゃ、あたしはこれで失礼しますよ」

花絵は、さっさと立ち上がった。卯野もそれに従いながら、お喜美の様子に目を走らせる。

お喜美は、何気ない顔で立ち上がろうとしていた。けれども卯野は見逃さなかった。

何かに気を取られたふりで不自然にこちらに背を向けながら、明らかに右手を目にやり涙を拭くような仕草をしていたことを。

しかし、こちらを向いたときのお喜美の目に涙はなく、

「では、お見送りをいたしましょうかね」

卯野と花絵を勝手口まで導いた。そこには三姉妹が待っている。

「お卯野さんも、お姉さんも、また遊びに来てね」

お小夜が言った。花絵への声かけが〝お姉さん〟になったのは、まだ名前を知らないから、それだけだ。けれども、そこで初めて花絵が動揺を見せた。お姉さん——まるで、実は姉妹であることを知っているかのような言葉だったからだ。

同じようにお夏とお千の表情も揺らいだことで、卯野には、姉ふたりは事情を知って

いるのだなと察せられた。

「また来るわ」

花絵はお小夜の頭を撫で、お夏とお千にも笑顔を向ける。そして、お喜美に深々と頭を下げた。


「あたし、暴れなかったでしょう」

帰り道で、花絵は自信満々に何度も言う。

「ある意味では暴れていたと思うわよ」

卯野は笑い、けれども花絵の態度は素晴らしかったと何度も褒めた。

ふたりは武井家に向かっていた。本当は叶屋に報告に行かねばならないところだが、花絵が、まずひとりになって気持ちを落ち着けてからお絲に会いたい、と言ったのだ。

実母と会うというのに随分と落ち着いているように見えたが、実際にはとても緊張していたのだと、その言葉で卯野にもわかった。

「そういえば」

花絵が、からかうように卯野を見た。

「今日は虎之介さま、お屋敷にいらっしゃらないわよ」

途端に、滑稽なほどがっかりしたのが顔に出てしまい、卯野はうろたえた。あまりの素直さに、さすがに花絵も慌てたようだ。

「たまたま、今日だけよ。このところ夜遊びには出ていらっしゃらないし、変な女に引っかかっている様子もなし」

すかさず、なぐさめてくれた。そのやさしさが嬉しくて、卯野は笑った。

「大丈夫よ、私は」

あとは、ふたりの商いの滑り出しが順調なことを喜び合いながら八丁堀へ向かう。卯野は卯野で住まいに戻ればいいのに一緒にいるのは、武井の屋敷でもう少し商いの話をしたいからだ。

武井家の冠木門《かぶきもん》が見えてくるころ、花絵が、ぽつんと言った。

「会ってみてよかった」

そして、ふっと微笑む。

「あたし、上手にできたわよね」

卯野は深く頷いた。

「おっ母さん……きれいなひとだったわ」

「少し、花絵さんに似ているわね。でも確か、お喜美さんのお父さまが評判の、いい男だったはず。花絵さんは、お祖父さま似なのだと思うわよ」

「へええ」

意気揚々と、ふたりは武井家に戻ったが、確かに虎之介はいなかった。千鶴や新太郎がにぎやかに迎えてくれたのだが、やはり、あの声が聞こえずあの姿が見えないのは、卯野にはとても寂しかった。

五

ここのところ毎日、虎之介が訪ねて来る。あの子についての記録がどこかに残っていないかと探しまわり、結局、今日も何もわからなかった、すまない、と報告に来てくれるのだ。

虎之介の誠実さには、つい微笑まずにいられない。

ふと、卯野の顔が思い浮かんだ。

卯野の髪結いはすごい。掛けた願いが、本当に叶ってしまうかもしれない。あの女が見つかるかもしれない。そうとまではならずとも、あの子について何かがわかるかもしれない。いや、こうして虎之介が親身になってくれるだけでもう、初音の願いは叶っているとも言えるのかもしれない。ひとりきりで胸に抱いて来たあの子の思い出、面影を虎之介が受け取り、一緒に抱きしめてくれている。

「一緒に亀島橋まで行ってくださいますか」

今日、初音は勇気を出して虎之介に頼んだ。もちろん、虎之介は快く引き受けてくれた。

早春の陽《ひ》ざしが、やわらかくあたたかく射《さ》す、幸せな午後だ。特別、何を話すこともなく、にぎやかな通りや静かな武家の屋敷地を抜け、やがてふたりは亀島橋に着いた。

いつものように、橋の真ん中あたりまで行く。そこで初音は虎之介を見上げた。

「私、あれから一度も川の流れを見下ろしたことがないんです」

あの子は、とにかく印象的な目をした男の子だった。初音は、今もあの日を忘れられずにいる。そしてなぜか、あの子が川を流されてゆくのを見たような気がしてしまっているのだ。あの目が、初音を見つめながら流されてゆくのを。実際には見ていないのに。

だから、つらくて悲しくて怖くて、川面を見下ろすことができなかった。

「でも、虎之介さまと一緒なら――」

できるかもしれない。

初音は、虎之介に手を差し出した。握ってもらい、支えてもらっていれば、きっと見下ろすことができる。そうしたら、また新たな気持ちであの子と向き合うことができる。

虎之介は、初音の手を取った。しっかりと握ってくれた。それだけでなく、肩を抱いてもくれる。

虎之介の隣で、初音はおそるおそる川面をのぞき込んだ。

川は、のんびりと流れていた。なめらかで、きれいな水には、穏やかな薄い青が映っている。昔、あの子を飲み込みその命を奪ったことがあるなどとは到底、思われない静けさだ。

それでも心配してくれているらしい虎之介が、初音を支える手に、ぐっと力を込めた。我知らず、初音はその手に、くったりと身を預けていた。

——ああ、もう大丈夫だ。

体中が、安堵《あんど》でいっぱいになった。

また、卯野に髪結いを頼んでみようか。今度は、恋という夢を叶えてもらうために。

恋——と、この胸のあたたかさにはっきりとした名をつけてしまうと、なんだか、ほっとした。

これはきっと、二度目の恋。あの子が、虎之介と引き合わせてくれたのに違いない。

初音は早速、次の日に、卯野の住まいを訪ねてみた。

先日は、またいつか結ってください、の言葉だけで終わっており、次の約束をしていなかった。どうやって申し入れていいのかわからず、また志織に頼むのも気が引けて、とりあえず来てみたのだ。

日本橋呉服町の長屋に暮らしていると聞いてはいたが、実際に訪れてみて、初音は啞《あ》然《ぜん》とした。仮にも、八丁堀与力を務めていた浅岡家の奥方と娘が住むようなところではない。

裏長屋というものに足を踏み入れるのは初めてのことだ。木戸に立ちつくし、ここをくぐっていっていいものか逡巡《しゆんじゆん》していると、後ろから声をかけられた。

「どなたかをお訪ねですか」

振り向くと、きれいな花の彫り物のある道具箱のようなものを提げた女がいる。この女もまた、裏長屋の住人というにはあまりに垢抜《あかぬ》けたいい女で、初音は、返す言葉に詰まったまま見惚れてしまった。

女が、眉をついと上げ、こちらに答えをうながす。

「あ、あの——、お卯野さんを」

「ああ、髪結いのことですか」

「はい。先日、初めて結っていただきましたの。次のお約束をしないままでしたのでどうしたらいいのかわからず、こうしてうかがってみたのですけれど……」

「先日初めて——の、武家のお嬢さん。ということは、初音さまでいらっしゃいますか」

「まあ」

初音は、驚き目を見開いた。なぜ、この女が初音を知っているのだろう。

「あたしは、お蔦と申します。お卯野さんの――あの子はあたしを髪結いの師匠なんて呼んでくれているんですけどね、あたしも女髪結いの端くれです」

「あなたがお蔦さん」

その名を口にしてみると、自分でも恥ずかしくなるほど、声が上ずってしまった。お蔦と言えば、端くれどころか有名な女髪結いだ。先日、志織が卯野に髪結いを頼みに来てくれたとき、お蔦とも会えてしまったと興奮していた。

「志織さんがおっしゃっていたとおりの方だわ」

ついつい呟いてしまう。

「志織さんがおっしゃっていたとおりの――本当に、きれいな方」

その髪はもちろん、着ているものも身のこなしも、艶《あで》やかでほんのりと色気があって、こちらもおなじ女だというのになんだか胸が高鳴ってくる。

「志織さんが……」

お蔦が、ふっと微笑んだ。

「そのようにおっしゃってくださったのですか」

「はい。お卯野さんのお宅でお世話になっていたときは、お蔦さん、ずっとお留守だったのですってね。だからお会いできなくて残念に思っていて。それが先日は偶然、会えてしまったと大騒ぎでした」

「そう――、そうですか」

お蔦は、とても幸せそうだ。お蔦ほどの評判を誇る女髪結いでも、褒められるのは嬉しいのだなあと、初音はしみじみと思った。

「お卯野さんなら、今日はおうちにいるはずですよ」

お蔦は先に立ち、卯野の住まいまで案内してくれた。

「あたしのお隣」

笑いながら、閉じたままの腰高障子を拳で叩く。

「お卯野さーん、お客さまよ」

すぐに障子が開かれた。卯野が顔を出し、驚いている。

「初音さま。まあ、どうなさいましたの」

「髪結いをお願いしたいそうよ」

お蔦の言葉を聞き、卯野の顔が、ぱっと輝く。

「ありがとうございます。あ、どうぞ、お入りくださいな。今、母と縫いものをしていて散らかっておりますけれど」

卯野に招き入れられて、初音はおそるおそる土間に足を踏み入れた。

その住まいの狭さに、やはり唖然とした。入り口を入った土間がそのまま台所であるらしく、流しや竈《かまど》があり、調理の道具や水がめが置かれている。框を上がるとすぐに一間。やはり狭い。今は縫いものの道具や布が散乱しているせいもあるのか、本当に狭く感じる。しかし、きれいに片づけてしまったら、案外、悪くないのかもしれない。母と娘がふたりきりで暮らすのなら、互いがいつもそばにいる、ぬくぬくと暖かな住まいなのではないか。しかも、ここは二階もあるようだ。

「まあまあ、初音さままでいらっしゃいますか」

卯野の母らしきひとが、腰を上げて歓迎してくれた。

「卯野がお世話になっております」

確か、浅岡八重という名前であるはず。この八重が浅岡家を終わらせると決めた話は、当時、初音の周りでもおおいに話題になったものだった。初音の母は、

『自分にできることではない、理解するのは難しいのだが、おそらく何か大きな理由があってのことだろう、素晴らしい勇気を持った方だ』

と評していた。もちろん、眉をひそめて、愚かなことをしたと酷評するひともいた。

八重の決断が正しかったのか否かは、おそらく今はまだ答えの出るものではなく――というより、その答えは、これからの八重と卯野の生きざまが作り出してゆくものなのだろう。

「こちらこそ、卯野さまにきれいに髪を結っていただきまして、ありがとうございました」

また髪結いをお願いしに——と言いながら、初音は八重の隣に、ちんまりとちいさく座っている女がいることに気がついた。

ひと目見たときには、何も思わなかった。自分以外の客がいたのかと恐縮しただけだった。しかし、髪結いを頼みに来ただけなのだからいいだろう、用事を済ませてしまおうと言葉を続けようとしたものの「お願いしに参りました」の「参りました」が出て来なかった。

何か、引っかかる。

初音は、客の女をもう一度、見た。こちらの視線に気がつき、女は、不思議そうに首をかしげながら見返してくる。

「——あ」

喉の奥に、呻《うめ》きのような濁った声が生まれた。

あの女だ。さすがに老けているが、間違いない。あの女だ。

あの子を川に投げ込んだ、あの女。

「初音さま、どうなさいましたの」

卯野が訊ねている。その声は聞こえているのだが、初音はすっかり混乱してしまい、答えられず、喉に引っかかったままの声を必死に飲み込んだ。

「あの、お卯野さん——」

女から目を離せないまま、上ずった声を出す。

「お客さまでしたのね、あの方は――」

「叶屋さんのお針の、お梶さん。手絡を縫うお手伝いをしてくださっている方です」

「お梶さん……」

女が、戸惑い顔でこちらに会釈をしてみせた。

「私、用事を思い出しましたの」

女に目を合わせながら、初音は言った。

「急用なんです」

「え、あの……」

戸惑う卯野を振り向いて、笑顔を作った。

「武井虎之介さまに、どうしてもお伝えしなくちゃいけないことがあるのを思い出しました」

「虎之介さま……」

卯野が、目を見開いた。

「あのう、虎之介さまに、いったい何を……」

「ごめんなさい、また後日、髪結いのお願いに参ります。今日はこれで――」

自分が何を言っているのかわからないほど混乱したまま、初音は卯野の住まいを飛び出した。

卯野も、初音を追って外に出た。

呼び止めようと思ったのだが、声が出ない。初音を呼び止め、言いたいのは、

『虎之介に何を伝えに行くのか。そもそも、虎之介とはどれほど親しくなっているのか。なぜ親しくなったのか。いつの間に親しくなったのか』

等々の、嫉妬めいた問いだけだったからだ。口にしたら醜い声になってしまうに違いない。

初音が走り去ってゆくのを、卯野はただ見送った。姿が消えても気持ちが落ち着かず、そのまま立ちつくしていると、背後からひっそりと声をかけられた。

「あたしは、これで失礼いたします」

お梶だ。縫いものの道具を包んだ風呂敷を抱え、振り向いた卯野に会釈する。

お梶は今日、手絡を縫うにあたっての打ち合わせのため、来てくれたのだった。お梶が手伝ってくれることは、お絲からも正式に許可をもらっている。

「今日、お預かりした分が縫い上がったらすぐにお持ちしますね」

「ありがとうございました。仕上がりを見て、またいろいろお話しすることもあるかと思います。お梶さんも、思いついたことなどありましたら、ぜひ、おっしゃってくださ

いね」

「では、また」

お梶も見送り、卯野は住まいに戻った。八重が、片づけをしながらこちらに目を向けてくる。

「初音さまは、虎之介さまとお親しいのかしら」

「私とおなじときに知り合ったのは知っているのですけど、そのあとのことは私も……」

「志織さんのお姉さまみたいな方なのですものね、そちらのご縁もあるのでしょうね」

八重は納得して頷き、卯野は曖昧に微笑んだ。

初音は、翌日にまた卯野の住まいにやって来た。

「昨日は失礼いたしました」

申し訳なさそうに微笑み、改めて次の髪結いを頼んでくれた。勧めても上がることはせず、土間に立ったままで日にちを決める。そして早々に帰って行こうとするのだが、見送りに出た卯野を振り向いて、

「お恥ずかしいお話ですけれど――」

はにかみながら微笑んだ。

「私も、お卯野さんの髪結いに、恋の願かけをしてみたくなりましたの」

「恋の……」

嫌な予感がし、卯野の胸が、ずんと重くなった。

「実は、志織さんのお父さまのご紹介で、縁談をいただいているんです。まだ正式なものではないのですけれど、お相手の方にはもうお会いしておりまして」

「縁談……」

嫌な予感が、さらに深まる。

「お話をお受けしようと決めました。お相手の方が私を受け入れてくださるよう、私の願いが届きますよう、お卯野さんの髪結いに願をかけてみたくって」

自分がこんな気持ちになるとは思いもよらなかった、けれどもお卯野さんの髪結いにはついつい夢が叶うのを期待してしまう何かがある——と褒めてくれた。しかし、卯野は気もそぞろにその言葉を聞き流した。

「あの——、その縁談のお相手というのは、もしや……」

「はい、武井虎之介さまです」

初音は、きっぱりと言い切った。どこか誇らしげにも見える笑顔だった。

そのあと、どのような言葉で初音を見送ったのか、卯野はまったく覚えていない。

三　火の華

一

里世は、何かに取り憑《つ》かれたかのように熱心に鏡をのぞき込んでいる。

「いかがでしょう」

卯野は、いくつもある訊《たず》ねたいことを飲み込んで、いつもの言葉をかけた。

「いいわ、ありがとう」

頷《うなず》きながらも里世は気もそぞろで、ただただ髪の出来栄えに夢中だ。

昼前、卯野が仕事から帰ったころを見計らったかのように、里世は卯野の住まいにやって来た。近ごろは卯野を呼ぶのではなく、こうして自分のほうから出向いて来る。母親の目が一層、厳しくなり呼びにくくなったのと、卯野も母親を慮《おもんぱか》り、仕事が立て込んでいると言い訳をして断ることが多くなったからだろう。

里世は大概、崩れた髪を隠すためなのか御高祖頭巾《おこそずきん》をかぶって現れる。その崩れ具合が今日は特にひどくて、ここへ来る前に自分で椿油《つばきあぶら》をすり込んでなんとかしようと思ったのか随分と汚れてもいた。仕方なく、卯野は里世の髪を洗ってやった。

「ありがとう。きれいなあたしに戻れたわ」

やっと、里世は笑顔になった。そして、お代を置くと、そそくさと帰ってゆく。

里世が何も言わないのなら、卯野は何も訊ねられない。おそらく、与三郎への想《おも》いがこじれているのだろうが、お客の個人的な事情にこちらから頭を突っ込んでゆくわけにはいかない。

ため息をつきつつ、卯野は里世を見送った。


さあ、これでいい。あたしはきれい。お卯野さんが、あたしをきれいに戻してくれた。里世は、意気揚々と日本橋を渡っていった。相変わらずの混雑のなかを、踊るような足どりで歩く。さまざまいるきれいな女たちに目をやりながら、自分が一番、と心を弾ませる。

与三郎の住まいへと、真っすぐに向かっているところだ。卯野に髪結いを頼みに行く前に別れたばかりなのに、もう会いたい。与三郎に触れたい。与三郎を求める気持ちが強すぎて、自分でも恐ろしくなるくらいだ。何度、求めても足りなくて、泣いては与三郎を怒らせる。そのたびに、与三郎は里世の髪をわざとぐしゃぐしゃに乱すのだ。里世が、この髪に願を掛けていることを知っているから。乱すことで里世の願いを蔑《さげす》み、嘲《あざ》笑《わら》い、おまえの想いなど糞《くそ》みたいなものだと見下してみせているつもりなのだ。

与三郎のほうこそが、本当は里世に触れずにいられない、そして触れたら抱かずにいられないくせに。

歩きながら、里世は不敵に微笑《ほほえ》んだ。

与三郎は里世のもの。まだ幼い少女のころに、そう決めた。そしてもちろん、里世は与三郎のものなのだ。

と、そのとき一度だけ半鐘が鳴った。

実に間の抜けた、中途半端な鳴り方で、その後はいくら待っても次の一打が聞こえてこない。

里世のすぐそばで、大店《おおだな》の主《あるじ》らしき男が、後ろに従う丁稚《でっち》を振り向き言った。

「小火《ぼや》か——いや、子どもの悪戯《いたずら》か何かを鵜呑《うの》みにした間違いかな」

「火消の耳には届いていないといいですねえ。間違って飛び出したりしていたら気の毒です」

そうだ、与三郎の耳に届いていたりしたら大変だ。火消の仕事には熱心な男だから、ほんの一打でも鐘の音が耳に入れば、誰より早く飛び出しているに違いない。

だからいつも、里世は半鐘の音に耳を澄ませていた。火事になれば、あのひとに会える――。

実際には、会えるどころか姿を見られるだけだったのだが、それでよかった。それだけで満足していられた。だが今は、もうそれだけではいられない。

里世は足を速め、与三郎のもとへと急いだ。

やがて、慣れた足どりで与三郎の住まいのある長屋の木戸をくぐる。腰高障子《こしだかしょうじ》の前に立ち、合図もせずにそれを開けた。

女がいた。

与三郎も、もちろんいた。里世が畳んで隅に片づけた布団を枕に寝そべっている。そこに、後ろ姿の女がのしかかり、低い笑い声をたてているのが聞こえた。

「おどき」

臆さず、里世は女に威嚇の声を投げる。どんな女が与三郎と何をしていても、負ける気はない。

「それはあたしの男だよ。おどき」

女が、大儀そうに振り向いた。

一度、与三郎にしなだれかかり、ぴたりと腰をくっつけて歩いているのを見かけたことのある女だ。評判の茶屋娘のひとりだという話だが、意地悪そうな目、だらしない口もとの、見るからに品のない女だ。近ごろの与三郎は、寄ってくる女なら誰でも拒まなくなっているようだ。おそらく、里世への当てつけだろう。

「なんだい、あんた」

女は喚《わめ》き出すのだが、知らん顔で里世は上がり込み、さっと女を与三郎から引きはがした。

「何するのさ」

女は金切り声を上げたあと、甘えた声で与三郎に助けを求める。しかし、与三郎も知らん顔だ。すがりつく女に、やさしくするような男ではない。

女は、しばらく喚いていたが、やがて悪態をつきながら出て行った。

「ねえ、おなかがすいてるでしょう」

里世は、あんな女などいたことも忘れたという顔で、そう言いながら土間に降りた。鍋も釜もまともに置かれていない台所だが、勝手に青菜を探し出し、食事の支度を始める。

与三郎は、何も言わない。それでも身を起こし、里世の後ろ姿を黙ったまま見つめている。

「あたし、ここに越してこようかしら」

与三郎に背を向けたまま、里世は言う。それには与三郎も答えた。

「阿呆《あほう》」

「あたし、家を出ようかと思う」

「ばか言ってんじゃねぇよ」

「あたし、本気よ」

包丁を置き、与三郎を振り向いた。

「そうしたら、あんたにとってもいいことがある」

与三郎は、なんのことだと問うように眉をひそめた。

「あたしたちが駆け落ちで夫婦になったら、あんたにとっては、あたしのお父《とっ》つぁんへの復讐《ふくしゅう》になる。――でしょう」

「……復讐だと」

「宗屋は本当は、あんたのお父つぁんが継ぐはずだった。ということは、本当はあんたが継ぐはずだった。それどころか――宗屋には娘のあたししかいないんだから、今も、あんたには宗屋を継ぐ権利がある。なのに、あたしのお父つぁんが、あんたからすべてを奪ったんだもの」

与三郎は目を細め、慎重に里世を見つめている。

「あんたがあたしをお父つぁんから奪えば、極上の復讐になる。あたしを滅茶苦茶《めちゃくちゃ》にして捨てるもよし、あたしの夫なんだから自分が次の主だと言って宗屋に乗り込むもよし」

里世は微笑み、誘いかける。

与三郎は乗って来るだろうか。乗ってほしい。胸にある、焦げそうなほどの願いを隠しつつ、里世は余裕を装い続ける。


少し前に里世が聞いたのとおなじ半鐘の響きに、卯野も気がついていた。びくっと肩をふるわせ、眉をひそめて空を見上げる。

「間抜けな音」

隣で花絵が笑う。

「あれ、絶対に間違いよ。火事じゃない。大丈夫」

笑いながら卯野を励まし、元気よく歩き出した。卯野の火事嫌いをよく知っている花絵は、卯野が半鐘や火事に過剰な反応を見せるたび、こうしてさりげなく気持ちをほぐそうとしてくれる。

白屋からの帰り道だ。

「あのお内儀《かみ》、なかなか手ごわいわよねえ」

花絵は、眉根を寄せて唸《うな》った。

白屋の内儀・お喜美と、白屋に置いてもらう手絡《てがら》についての話し合いをしてきたのだ。

卯野も花絵も、問題なくとんとんと話が進むと思っていたのだが、お喜美は自分の意見をいろいろと出してきた。

「あたしの友だちや志織さんや——たくさんの娘さんたちが、きれい、欲しいって言ってくれるのだもの、今のままで充分だと思うのにねえ」

それだけでは素人の手作りの品にしかならないと、お喜美は厳しく言い、うちで売り出すからには——と注文をつけてきた。

商いの話をする間、お喜美と花絵の間には実の母娘らしい親しみや温かみなどが通い合うことはまったくない。しかし、互いを商いの相手として認め、敬う礼儀正しさがあるのが興味深かった。

話し合いが終わると三姉妹もやって来たのだが、やはり、姉妹らしく打ち解けるようなことはない。しっかり者のお夏は堅苦しい言葉で茶を勧めたりするだけだし、はにかみ屋のお千は黙り込んだまま。そんな中、お小夜がひとりでにぎやかに、

『お姉さんのお着物、今日もきれいねえ』

花絵のそばに寄って来て、帯に触ったり簪《かんざし》に見惚《みと》れたりしていた。

『お姉さんじゃなくて——花絵さんよ』

お夏が眉をひそめると、

『花絵お姉さん』

何をどこまでわかっているのか、お小夜は無邪気に花絵の顔をのぞき込む。

『そうね、あたしは花絵お姉さん』

花絵も知らん顔で答えると、お小夜を膝にのせ、抱きしめてやっていた。

「でもまあ、お内儀の言うのにはもっともなことが多かったわ」

しみじみと頷いたあと、花絵は「そういえば」と呟《つぶや》いた。

「あの人――初音さんとかいう人、今日もまた虎之介さまを訪ねて来るらしいわよ」

花絵のくちびるが尖《とが》っている。花絵は、初音を好ましく思ってはいないのだ。

「まだ、正式にお見合いをしたわけでもないのでしょう。非常識よ。奥方さまもお留さんも、どうしてあの人を追い返さないのかしら」

追い返す、とまで言う花絵には笑ってしまったが、それだけで卯野は一言も口にせず、やり過ごしてしまった。胸に湧くこの不安は、重くて苦くてせつなくて、言葉になどならなかったからだ。

「火事かな」

虎之介が眉をひそめ、少し身を乗り出した。武井家の奥座敷の襖《ふすま》はすべて開け放たれているため、そうするだけで空の様子がうかがえる。

「半鐘が鳴った気がした」

「私には聞こえませんでしたけれど……」

初音は耳を澄ませてみた。しかし、やはり何も聞こえない。

「聞こえたよ」

虎之介は言い切った。そして、また眉をひそめる。

「卯野の耳に届いていないといいんだが」

唐突に出てきたその名に、初音は戸惑った。しかしすぐ、卯野の兄が亡くなった経緯《いきさつ》を思い出して訊ねる。

「お卯野さんは、火事が苦手でいらっしゃるのですか」

「うん」

「やはり、お兄さまのことで……」

虎之介は心配げな顔で頷いた。

「火事を見ると取り乱すなどということはないのだが、兄を思い出してつらいらしい」

卯野を思いやる虎之介のやさしさに、初音はしみじみと感じ入った。同時に、火事から卯野の兄を思い出してつらいのは虎之介自身もおなじなのではないかとも思った。

「きっと気のせいですよ」

初音は明るく言った。

「だから、お卯野さんの耳に半鐘の音など届いていないし、つらい思いもしていませんよ」

「そうだな」

虎之介は、まだ不安の残る自分の胸に言い聞かせるかのようにゆっくりと頷いた。

「で、例の件なのだが」

「はい」

初音は気を引き締めた。その話をするために、今日はこうして武井家を訪れたのだ。卯野の住まいで思いがけず、あの子を川に投げ落とした女を見つけてしまい、初音はすぐ、それを虎之介に報告した。しかし、驚きつつも虎之介は『今は待て』と言ったのだった。

虎之介は、あの子のこと、あの日のことを丹念に調べてくれていた。時間が経《た》ちすぎていてわからないことだらけなのだが、ただひとつ確実なのは、あの日もその後にも、亀島川から子どもの遺体は上がっていないということ。被害者がいなければ、加害者も存在し得ない。あの女による殺人が行われたことを裏付けるものは何ひとつないのだ。初音は目撃者であるが幼すぎて、本当に殺人の現場を見たのか、夢か妄想を現実と思い込んでしまったのか、疑われるのは目に見えている。

だが、虎之介は続けて、こうも言った。

『気になる話を耳にした』

それは何かと訊ねたのだが、まだ確かなものではないからとその日は教えてもらえなかった。もっと確かなことがわかったら連絡すると言われ、じりじり待った末に今日、やっと虎之介から連絡が来たのだった。

「実は、そのころ、亀島川でびしょ濡《ぬ》れの子どもを保護した者がいると聞いて会いに行ってきた」

「まさか……それが、あの子だと……」

初音は目を見開き、息を呑んだ。

「いや、何年前のことなのか、季節すら覚えていないというからなんとも言えねぇ話なんだが」

子どもを拾ったのは、たまたま川のそばを歩いていた若い大工で、土手から全身びしょ濡れの男の子がいきなり上がって来て肝をつぶしたのだそうだ。何があったのか訊ねたのだが、

『水浴びしてきただけだ』

と呟き、さっさと背を向ける。しかし大工は、子どもが額から血を流しているのに気がついた。

『おい、怪我《けが》してるじゃねぇか』

肩を摑《つか》んで振り向かせると、子どもは迷惑そうに眉を寄せる。子ども同士の喧嘩《けんか》だろ

うと想像はついたが、一応、どこの子なのかと訊ねてみた。が、答えはない。

『なんだか知らねぇが、頭を打ったんだろう。何かあるといけねぇよ、俺が一緒に行ってお母《か》さんに話してやる』

『おっ母さんなんていねぇ』

子どもは、ぼそぼそと言った。よく聞こえなかったので『なんだって』と聞き返すと、子どもは亀島橋を振り向き指さした。

『あれが俺のねぐらだよ』

宿なしの子どもだ。

大工はたまたま、おせっかい焼きが大好きな情の篤い男だった。これは放っておいてはいけないと、嫌がる子どもを引きずり番屋へ連れて行ったのだ。

「それで、その子はその後、どうなったのですか」

「身元が知れて、家に帰されたらしい」

「もしも、それがあの子であれば……」

「お梶は人を殺《あや》めておらず、まあその子を川に投げ落としたのは事実だが、罪は相当、軽いものになるな」

「まあ……」

としか、初音に言える言葉はなかった。

もしかしたら、あの子が生きているかもしれない。それは想像をしたこともなかった。川に投げ落とされた子どもが生き延びられるわけはないと思い込んでいた。実際、当時の初音がそんなめにあっていたら、なすすべなく大川まで流されて、さらに海まで運ばれる途中で命は尽きていただろう。

しかし、あの子ならどうだろう。あの子なら――川の流れに逆らい泳ぎ出す、力強さを持っていたのではないか……。

「それで、どちらの子どもさんだったのですか」

「やっちゃ場の、宗屋という青物問屋の子だったらしい」

どうだ、会いに行ってみるか――そう訊ねられたが、すぐに「はい」とは答えられない。

それが本当にあの子であったら――。

あの子が生きているのなら、嬉《うれ》しい。しかし、嬉しさより戸惑いのほうが大きいというのが本音だ。幼いころからずっと、あの日、見てしまった出来事に囚《とら》われてきたというのに、今になって〝あの女はあの子を殺してはいなかった〟と証明されたとしても、すぐにはそれを現実として受け入れられない。

「ま、違う子どもの話かもしれねぇしな」

初音の様子に苦笑し、虎之介は言った。

「やっちゃ場の宗屋といえば、そこの娘が卯野の客なんだが、男のきょうだいがいるとは聞いてねぇしなあ。確か、ひとり娘だったような……」

「やはり、違う子どもの話のようですねえ」

「そうだな。会いに行くまでもないか」

虎之介のその口調は、まるでこの話はもう終わり、とすべてを締めるかのようにさっぱりしている。初音は、自分でも驚くほどに慌ててしまった。これで終わりにしてしまったら、今までのように頻繁に会えなくなる。ふたりの間に縁談が持ち上がっているとはいえ、まだ正式なものではないのだから、いつ立ち消えになるともわからない。

「いいえ、会いに行ってみとうございます」

早口で訴えた初音に、虎之介は驚き目を見開く。

「その大工さんの話が間違いであったとしても、宗屋さんにお話をうかがって、本当に間違いであったと納得したい」

「なるほどな」

では明日にでも出かけてみよう、いやその前に卯野に様子を聞いてみるか――虎之介はもう、あれこれ手筈《てはず》を考え始めている。

初音は安心し、ふっと笑みを漏らした。

「――あの子のおかげだわ」

うつむき、呟く初音を、虎之介が首をかしげてのぞき込んだ。

「なんだ、何があの子のおかげなんだ」

「あの子のおかげで虎之介さまとお近づきになれて、おやさしい人となりを知ることができました」

初音は顔を上げ、真っすぐに虎之介を見つめた。

その目に込めた想いは、虎之介へと届いたようだ。眉がわずかに動き、問うようにこちらを見返す。初音が、さらに熱を込めて微笑むと、虎之介の肩に緊張が走るのがわかった。

「初音どの……」

かすれた声で名を呼ばれ、初音も緊張した。

虎之介は、何を言ってくれるだろう。期待してもいいのだろうか。縁談の相手がこのひとでよかった。あの子の記憶を消せずに生きてきたのは、このひとに出会うためだったのだ。——さまざまな想いが胸の中を行き交うのが、苦しく、せつなく、同時にとても心地よい。

ところが、虎之介がまた、

「初音どの」

名を呼んでくれたとき、廊下の向こうから、ばたばたと忙《せわ》しない足音が聞こえてきたのだ。

「虎之介さま、どちらにいらっしゃいますか」

誰か、娘さんが虎之介を捜しているようだ。

「……花絵だな」

虎之介は呟き、苦笑した。そして、首をのばして呼びかけに応える。

「おうい、ここだよ。奥の座敷だ」

すると足音はさらに大きくなり、あっという間に娘がひとり飛び込んできた。

「聞いてくださいな、虎之介さま。今日はお卯野さんとふたりで白屋に行ってきたんです。お内儀がほんと手ごわくて――」

虎之介の前に、すべり込むようにして座り、まくしたてていたかと思うと、そこで初めて気がついたというふうに初音を振り向く。

「あら、失礼いたしました」

鞠《まり》が弾むように元気に身を引き、初音に向き合い、丁寧に頭を下げる。

初めて会う娘ではない。こちらに来ると、大概、この娘が虎之介を捜してやって来る。叶屋の次女の花絵で、武井家には行儀見習いに来ている、卯野の仲よし。きれいで華やかで、にぎやかな娘だ。虎之介にとっては妹のような存在――というより、自分の娘のように思っているのではないかと思われるほど濃《こま》やかに、面倒をみてやっている。白屋だなんだと言っているのは、卯野とふたりで商おうとしている手絡に関する話なのだろう。

こちらに挨拶はしたものの、花絵はまた虎之介に向き直り、続きを始める。気のせいなのかもしれないが、花絵にはあまり好かれていないのではないかと感じることが時折ある。しかし、疎外されているような寂しい気持ちで初音が黙り込んでいると、それに気づいての気づかいか、花絵はこちらにも話を振り、

「初音さまも、ご覧くださったのですよね、あたしたちの手絡」

頷くと、良いと思うところはどこか、何か改善すべき点など思いつかないか等々、熱心に訊ねてくるのだ。好かれていないなどと思ってしまうのは気のせいに違いない。安心し、話に加わっていると、女中のお留がやって来て、

「花絵さん、商いのために出かけるのは許しましたけれども、戻ったらすぐに台所にいらっしゃいと言いましたでしょう」

小言を始めるのだが、いつの間にかお留も手絡についての話に引き入れられている。

結局、虎之介とふたりきりの時間は終わってしまった。残念なような、このにぎやかさが楽しくてそれはそれでいいかという気にもなるような……。

ちらり、虎之介に目をやると、気づいてこちらを見てくれた。そして小さく頭を下げてきたのだが、何への詫《わ》びのつもりなのだろう。肝心の、あの子に関する話が中途で終

わってしまっていることへのものか。あるいは、せっかくふたりきりだったのに、しかも胸が詰まるようなせつなさを孕《はら》んだ雰囲気になっていたというのに、ぶち壊しになってしまったことへの詫びなのか。

なんにしてもまた会える、大丈夫——と安心しながら、初音は虎之介に笑みを返した。

二

虎之介から頼みたいことがあるからと呼ばれ、卯野は、会える嬉しさに胸を弾ませながら武井家に出かけた。

ところが、迎えてくれた花絵が卯野を見るなり顔をしかめ、けれども何を言うわけでもないという妙な態度を示してくる。そのまま、虎之介の居間に通された。

「虎之介さま、お卯野さんですよ」

花絵はぞんざいに言い、卯野の来訪を告げる。

「おう、来たか」

虎之介はいつものように、気さくにあたたかく、卯野を迎えてくれた。しかし、そのかたわらに座るひとの姿に気づき、卯野は挨拶の言葉もなくすほど驚いた。

「……初音さま」

ようよう喉から押し出した声は、ひしゃげてかすれた無様なものだ。

花絵が、卯野の背にそっとてのひらを当てた。思いがけずこのふたりが共にいる場に向かい合わなければならなくなってしまった卯野に、勇気を伝えてくれているかのようだ。

「では、あたしはこれで」

花絵は、卯野の背をぽんと叩《たた》いてから下がっていった。

卯野は部屋の奥へ入ってふたりに近づく気になれず、敷居の近くに座したままでいる。その様子に虎之介は眉をひそめたが、特に何も言いはしなかった。

「わざわざ来てもらって悪かったな」

「いえ、今日の仕事はもう終わりましたし……」

「実は——」

と、虎之介は横目で初音を示した。

「おまえに、宗屋とのわたりをつけてもらいたいんだ」

「宗屋さん……て、青物問屋の宗屋さんですか」

「そこの娘がおまえの客だったよな」

頷く卯野に、虎之介はざっくりとした説明をくれた。初音が幼いころに出会った男の子、亀島川に投げ落とされたその子が実は生きているのではないかと思われること、それが宗屋の子かもしれないこと……。

「でも、宗屋さんに男の子はいませんよ。お里世さんだけです。その子……生きていたら今、いくつになるのでしょう」

「私よりひとつふたつ上だったと思います。五つくらい上に思われるほど大人びてはいたけれど」

初音が言った。昔を懐かしみ、いとおしむ、やわらかな目をして。

〝その子〟が初音にとって大事な存在であるらしいことが、卯野にも充分、伝わった。ならば、自分で役に立てるものなら力を貸したい。

「わかりました、まずはお里世さんにうかがってみましょう」

卯野が笑顔で頷くと、初音は顔を輝かせてにじり寄り、膝にあった卯野の手を取った。

「ありがとうございます。どうぞ、よろしくお願いいたします」

ぎゅっと握りながら虎之介を振り向き、ふたりは笑みを交わす。

その様子が卯野には、他人は誰も踏み込めないような親密なものに思われて、胸の奥から喉にかけて、痛いほどせつないものにぎゅっと締め付けられるような心地がした。

嫉妬、不快な思い——そういった醜いものが心の中にあるから、ふたりを見る目が歪《ゆが》んでいるから、そう見えるだけに違いない。卯野は自分に言い聞かせるのだが、涙が滲《にじ》みそうになるのをなんとか堪《こら》えることしかできなかった。

初音の手の中から、自分の手をそっと抜く。しかし初音は卯野の思いにはまったく気づかず、虎之介のそばに戻り、にこにこと笑っている。

卯野は、そそくさと立ち上がった。

「では早速、これから宗屋さんに参ります」

「おい待て、行くなら俺も――」

虎之介が引き留めているようだったが、振り向かずに部屋を出た。


虎之介と初音が共にいる姿を思い出すまいと、一心不乱に歩き続けて辿《たど》り着いた宗屋では、思いもよらぬ騒動が起きていた。

応対に出た女中は、里世を訪ねてきたと告げる卯野に、曖昧な態度で言葉を濁し、しきりに奥を気にしている。

「どなたか他にお客さままでも」

卯野が訊ねると、女中はその言葉にすがりつくかのように、大きく頷いた。

「はい、ええ、そうなんです。今はお客さまがいらしていてお内儀さんも旦那さまもお嬢さんも手が離せなくて」

ならば、と卯野が退《ひ》こうとすると、女中はあからさまに喜んだ。どうにも不審すぎる態度だ。

一体なんなのかと気になるが、踏み込んでまでそれを知ろうとは思わない。ではまた参ります、と踵《きびす》を返そうとしたとき、後ろから急に肩を摑まれ、卯野は驚き振り向いた。

後ろにいる人を見上げると、そこには虎之介の顔がある。

「どうなさったの」

「追いかけてきた。おまえだけではどうにもならんだろう」

「まずは私がお話を通してからと思って……」

「時間の無駄だ」

そこで卯野は、虎之介の背後に初音がいることに気がついた。初音は、頼もしげに虎之介を見つめていたが、卯野と目が合うと、黙ったままでやさしく微笑む。

卯野は、会釈を返してから虎之介に向き合った。

「今、こちらには大事なお客さまがいらしているそうなの。だから出直しますと言ったところ」

虎之介が顔をしかめたところへ、奥から金切り声が飛んできた。

「あたしは絶対に、与三郎から離れません」

里世の、取り乱した叫びだ。

「客というのは与三郎なのか」

虎之介が訊ねると、女中は困りきった顔で頷いた。

「ちょいと邪魔する」

虎之介は、女中に止めようとする間も与えず上がり込み、奥へと走り出す。卯野も、あわてて後を追った。

「だからあたしは、与三郎に、宗屋に婿入りしてもらえばいいと言っているじゃありませんか」

虎之介が踏み込んでいった奥の居間では、里世と両親が長火鉢を挟んで言い争いをしていた。

卯野は、虎之介の背後からおそるおそるのぞき込む。親子はこちらに気づきもせず、睨《にら》み合ったままだ。

与三郎もいた。興奮した里世の背後に、ひどく冷静な目をして座っている。冷静――いや、暗いと言ったほうが合っているだろうか。それでいて、奇妙な輝きがある。うっかり見つめてしまうと井戸の底のような孤独で恐ろしい場所に引き込まれてしまいそうで怖いのに、目を離せない。里世があれほど与三郎に執着する気持ちが、わかるような気がした。

震える卯野に気づいたのか、虎之介が振り向き、安心させるように微笑んだ。そして、黙っているよう目で伝えてくる。ふたりは、親子の様子を見守ることにした。

「あたしと与三郎が一緒になれば、昔からの宗屋の問題の何もかもが解決するでしょう」

「一体なんのことを言っているの。宗屋にはなんの問題もありゃしませんよ」

里世の母――お治が顔をしかめた。

父親はお治の隣におり、両の眉をきつく寄せ、重々しく黙ったままでいる。確か、名前は伝十郎というはずだ。宗屋伝十郎と、この屋の主は代々、名乗っているという。

「問題がないですって」

里世はまた金切り声を上げる。

「お父つぁんが宗屋を継いだときのことよ。本来、宗屋を継ぐべきだった先代の子を押しのけて、お父つぁんは宗屋伝十郎を名乗るようになった。お父つぁんは先代の妹の子――嫁に行って宗屋からは出た人の子でしかないのに」

「それの何が問題なの。あの男は、だらしのない放蕩者《ほうとうもの》で、先代も奉公人も皆、お父つぁんが宗屋を継ぐことに反対などしませんでしたよ」

「でも、与三郎がいる。あたしは女だけど、与三郎は男だわ。あたしではなく与三郎のほうがお父つぁんの次に伝十郎を名乗るのにふさわしいでしょう」

「何を言い出すの、おまえは。この男に宗屋を継ぐ資格などありません」

「与三郎は、れっきとした宗屋の人間だわ。だって先代の息子の子、つまり、先代の孫なんですからね」

「あの放蕩者は、先代が宗屋から追い出したんです。だからこの男も宗屋の人間じゃない。それにほら、この男、父親にそっくりのだらしなさじゃありませんか」

憎々しげに、お治は言った。

与三郎が、宗屋の先代の孫――。卯野は驚き、虎之介を見上げる。やはり驚いているようで、虎之介の目も大きく見開かれていた。

「あたし、知ってる。おっ母さんは与三郎が憎いのよね。だって与三郎の母親は、おっ母さんと夫婦になる前のお父つぁんの恋人だったんだから」

そこで初めて、伝十郎が声を上げた。

「お里世、おっ母さんを傷つけたいのか。お父つぁんにとってあのひとは、昔々の思い出の中にしかいない人だ。おっ母さんもそれは承知している」

「思い出の中の人――きれいごとを言わないでよ。お父つぁんはその人を捨てたんでしょう、おっ母さんと一緒になるために。先代が薦める嫁候補だったおっ母さんと一緒になれば、宗屋を継ぐのに有利になるから」

「おまえ、それは誤解だよ」

「そのくせ、お父つぁんだって与三郎を憎んでいるのよね。捨てた女が、よりにもよって自分のいとこのものになって、その男との間に作った子だから。だからこのひとを宗屋から追い出したんでしょう。あのとき、与三郎は十七。熱心に宗屋で働き、商いを覚えていた。でもそれは、お店のため、お父つぁんのため、引き取って育ててもらった恩を返そうとしていただけ。なのにお父つぁんは、宗屋を乗っ取ろうとしていると濡《ぬ》れ衣《ぎぬ》を着せて与三郎を追い出した」

「それは違う」

「違わない」

親子の争いを、卯野は息を詰めて見つめていた。

過去、宗屋に何が起きたのか、里世と与三郎の間に何が起きたのか。わかりかけてはきたのだが、まだ足りなくてもどかしい。

虎之介を盗み見ると、難しい顔で首を少し傾けている。おそらく、卯野と同じような気持ちでいるのだろう。

「結局、追い出してしまうのなら、なぜあのとき与三郎を引き取ったの」

「父親がどんな男であれ、宗屋の子だからだよ」

「知らないと言えばよかったでしょう。着ているものはぼろきれみたい、髪もいいかげんに結わえただけ、住んでいるのは橋の下。そんな子が宗屋の縁続きであるわけがないって」

あ――、と声にならない声を上げ、卯野は虎之介を見た。虎之介もこちらを見下ろしていた。

昔、亀島川に落ちたあと大工に拾われ、宗屋に引き取られたらしい子――それはやはり存在し、しかも与三郎だったということなのか。

ふたりは頷きあうと、親子の会話にまた耳を澄ませた。

「知らないと嘘《うそ》をつきたくないのならば、縁切りした男の子どもだから宗屋とは関わりはないと拒めばよかった」

「そんなこと、できるものか」

「老舗の青物問屋・宗屋の主としては、そんな人でなしな姿をさらすわけにはいかないってことかしら」

「だから、おまえはいろいろと誤解をしている」

「誤解だというのなら、なぜ与三郎を引き取ったり追い出したりしたのよ」

里世の声が、ますます甲高く響いてゆく。伝十郎が苛立《いらだ》ち、お治がおろおろし始めた。

さすがに放っておいてはいけないと思ったのか、虎之介が一歩を踏み出そうとする。

ところがそのとき、ふいに与三郎が立ち上がった。親子三人が驚いて黙るのを、気のない目で見渡した。

「俺は別に、宗屋に婿入りしようなんざ思っちゃいねぇ」

「待って、あんた、さっきは――」

「俺は、おまえについて来ただけだ。うるさいから一度、来てやれば満足するだろうと思ったし、おまえの親たちや宗屋がどうなっているのか興味もあった。だが、それだけだ」

伝十郎に目を据える。くちびるの端がかすかに上がり、与三郎の顔が皮肉に歪む。

「俺は昔から、宗屋になんざなんの興味も持っちゃいねぇんだよ」

そして、さっさと出て行こうとした。ところが、足を踏み出そうとしたその動きがふと止まる。

「虎之介さま、お卯野さん、ごめんなさい、おふたりの足が速すぎてついてこられなくて。それに、女中さんもあのままにしておくわけにはいかないでしょう」

と言って初音がやって来て、卯野の腕に手を置いた。すぐにふたりの後を追わず、応対に出てくれた女中に言葉をかけるなどの始末をしてきたらしい。

与三郎の目が、初音に留まった。それに気づいた初音も、その目を見返す。

「与三郎……」

里世が不安げに与三郎に近寄り、手を取ろうとした。しかし、与三郎は邪険にそれを振り払う。里世のことなど気にもかけず、悠然と出て行こうとするのだが、初音の横を通るときにはやはり、ちらりと目を動かした。ふたりはまた目を交わし、けれどどちらも口を開くことなくすれ違った。

与三郎の背を追い、里世も飛び出して行った。お治が金切り声を上げ、奉公人も騒ぎ出し、伝十郎は悪態をつきながら居間を歩きまわっている。とても、話しかけられるような様子ではない。しかも、夫婦はふたりとも、卯野たちに気づいていないようだ。

虎之介が、引き揚げるぞと卯野と初音に合図した。三人は騒ぎの中を抜け、宗屋を出た。

三

もう日も暮れようという時間だ。昼間は春めいた暖かさが増してきたが、日が傾くと途端に風は冷たくなる。

虎之介は、まず初音を屋敷に送り届け、次に卯野を住まいまで送ってくれた。

三人で番町まで歩きながら、誰も口を開かなかった。特に初音は、宗屋を出て以来、ひと言も口をきいていない。卯野と虎之介も、それに引きずられたかたちになった。

「与三郎は本当に、初音どのの〝あの子〟だったということなのかな」

ふたりきりになり、しばらくしてやっと、虎之介は口を開いた。

「おふたりが顔を合わせたとき、じっと見つめ合っていたように思いました」

「うん。俺もそう思った」

「でも、初音さまは何もおっしゃらないし、与三郎さんも……」

「もしも与三郎が〝あの子〟で、互いにそれに気づいていたのだとしても、お里世があれでは初音どのも言い出しにくかっただろうしなあ」

日本橋を渡ってゆく。昼間とは違うにぎわいの中、女たちの装いも昼間とは違う。小袖の色や文様《もんよう》、帯、髪に添えるもの――おしゃれの色がどこか濃くなり、ほんのりとした色気が匂い立つ。ついつい、その後ろ姿を追ってしまいそうになる。

するると、虎之介が低い笑い声をたてた。

「おい、知らねぇ人について行ったりするんじゃねぇぞ」

「いやだ、私、子どもじゃありませんから」

むくれてみせると、虎之介の笑いが大きくなり、卯野も一緒に笑い出す。重苦しかった空気が吹き飛ばされて、そののちは楽しく昔話などしながら歩いた。

やがて住まいが近づいてくると、このまま道がどこまでも永遠に続いていけばいいのにという、いつもの思いがこみ上げる。それだけでなく、先ほど別れた初音の姿を思い出すと、不安な思いも湧いてくる。

「虎之介さま――」

卯野は呼びかけ、胸の中にある言葉をつい、口にした。

「初音さまとの縁談、本当にお受けになるのですか」

訊ねはするものの、顔を上げて虎之介の様子を見ることはできなかった。

「うーん……」

虎之介は唸る。そして、

「どうするかな」

と笑う。そして、それきり黙り込む。

もやもやと広がる不安は重くなってゆくだけなのに、はっきりした答えはもらえないまま、卯野は住まいに送り届けられてしまった。


里世は結局、与三郎に追いつけなかった。

人ごみの中、必死に走ったのに、与三郎はどんどん遠ざかるだけだった。そして最後に見失ったとき、里世は地に崩れ落ち、人目も憚《はばか》らずに泣いた。

好奇心もあらわに立ち止まり、くすくす笑っている女がいる。気の毒そうにのぞき込む女もいる。不自然に見ないふりをしながら通り過ぎてゆく女もいる。その女たちは皆、腹の底で、与三郎に邪険にされたあたしを嘲笑っているのに違いない——そう邪推してまた泣いた。

ひとしきり泣くと、立ち上がって店に戻った。女中に床をのべさせ、もぐり込み、また泣く。丸まって自分を抱きしめ泣きつづけていると、途中でお治が様子を見に来たの

に生きようとはしていない。

だが、無視した。

与三郎の気持ちがわからない。里世を手放そうとしないくせに、里世とずっと一緒に生きようとはしていない。

子どものころ――与三郎が宗屋に引き取られてきて、一緒に暮らしていたあのころは、わからないことなどひとつもなかった。里世の気持ちははっきりと与三郎に伝わっていたし、与三郎の気持ちも少しの曇りもなく里世の胸に届いていた。ふたりは、互いに互いのものだった。

宗屋に来たときの与三郎は十歳。里世は五つ。

なにやら子どもが連れられてきたと聞き、里世は早速、見に行った。きょうだいがおらず、遊び相手がいなくてつまらなかったので、子どもが来たというだけで嬉しく、気持ちが高ぶったのを今でも覚えている。

襖をちょっと開け、のぞき込んだ居間に、男の子がいた。

お父つぁんとおっ母さんが、ひそひそ声で何か話し合っていた。何を話しているのかと耳を澄ませると、急におっ母さんの声が高くなり、怒り始めたので里世はびくっと体を縮めた。しかし、男の子は動じない。ふたりの大人がいることなど気にしてもいないふうで、縁の向こうの坪庭に目をやっている。

ふ、と何かに引かれたかのように、与三郎がこちらを見た。

ふたりの目が合ったとき、里世は「ああ見つけた」と思ったのだ。ただ、自然にそう思った。出会うべきもの、共にあるべきもの、そういったものを見つけられたと、ほっとした。

やがて、お治が里世に気づいて口を閉じた。その場を取りつくろうように愛想笑いを頬に貼りつけ、手招きする。

「今日からここで暮らす、与三郎だよ」

里世は真っすぐ与三郎のそばに寄り、その真ん前に座った。

「お父つぁんの、いとこの子だ。兄さんだと思って仲よくするといい」

伝十郎も、にこやかに言った。そして、与三郎のいる日々が始まった。

与三郎は、本来、宗屋を継ぐべき立場の者であったのに、奉公人と共に働いていた。丁稚に混じり、使い走りや掃除、雑用もこなす。その姿を、伝十郎は公平な目で見ていたようで、やがて仕入れに連れて行ったり、帳簿つけなども教えるよう番頭に言いつけてもいたようだ。

しかし伝十郎は、与三郎に宗屋の跡を取らせるのだとは決して思われないよう、気をつかってもいた。そのため、丁稚の中には与三郎の素性を知らず、主人に贔屓《ひいき》されているのは許せないと嫉妬をこじらせていった者がいたのだ。

与三郎は、妬《ねた》みに目がくらんだ同輩の仕掛けた罠《わな》に落ちた。

実に幼稚な罠だった。与三郎が帳簿をごまかした上で掛け取りに出かけ、帳簿につけなかった分を自分の懐に入れた――そんな罪がでっち上げられたのだが、与三郎がひとりで掛け取りに行くことはなかったし、ごまかしたという帳簿が出ては来なかった。しかし、ひとりが仕掛けた罠を面白がって同調する者が現れて、夜中に与三郎がひとりで帳簿をのぞいているのを見ただの、客である武家の屋敷の近くで小者とひそひそ話をしている怪しい姿を見ただのといった嘘が次々、伝十郎の耳に囁《ささや》かれた。

ふだんの伝十郎なら、そんな嘘は見抜いたに違いない。ところが、ちょうどそのころ、伝十郎は与三郎と里世の仲のよさを不快に思うようになっていたのだ。それが災いした。

与三郎は十七になり、里世は十二。まだ幼いながらも、里世は真剣に与三郎を想っていたし、与三郎もそれを受け止めてくれていた。傍目《はため》にも、兄と妹のような仲のよさ、とは見えなくなってきていたのだろう。娘を盗《と》られるような不快な思いを、伝十郎は抱《いだ》くようになっていたようだ。

伝十郎の、与三郎への不審が募り、それが不信につながって結局、派手な騒動が繰り広げられた末に与三郎は宗屋を追い出されたのだった。

「迎えに来てね」

里世は、与三郎の背に訴えた。

「あたし、待っているから」

一途《いちず》に想いを伝えたのに、与三郎は振り向いてはくれなかった。

そして、どういう経緯からか火消になり、この界隈《かいわい》の女たちのあこがれの的にもなっていった。誰より早く火事場に駆けつけ、危険を顧みもせず素早く屋根に駆けのぼり、纏《まとい》を振る姿は美しい。身持ちは悪いが、それは与三郎がいい男でありすぎるせいで、与三郎を放っておかない女たちが悪いのであって——と誰もが囁き、男としての与三郎の評判はみるみる上がっていった。

あれは、あたしのもの。あたしの男なのよ。

里世は、いつも歯ぎしりをし、与三郎につきまとう女たちを見ていた。

負けられない。このまま引っ込んでいるなんて冗談じゃない。


朝まで眠れずにいた里世は、それでもすっきりと起き上がり、しっかりと朝餉《あさげ》をとった。卯野に髪を結ってもらいに行こうかと思ったが、そんなことをしているよりも早く与三郎に会いたい。鏡をのぞき込み、自分でなんとか髪を整える。

誰にも言わずに家を出た。もう帰らないつもりだった。

与三郎の住む永富町へと、ひた走る。そこにはいないかもしれない。だとしたら、まずは三河屋をのぞいてみる。そこにもいなければ、与三郎にまとわりついている女たちを訪ねてもいい、なんとしてでも捜し出す。

長屋の路地もその勢いのままに走り、与三郎の住まいの前に立った。腰高障子に素早く手をかけ、黙ったまま開こうとしたのだが、中から声が聞こえてくる気がし、その手を止めた。

ぼそぼそと聞こえてくるのは、女の声だ。――また女。

逆上した里世は、一気に障子を押し開いた。土間に踏み込み、仁王立ちでそこにいたふたりを睨みつける。

「――里世」

間の抜けた声で名を呼び、与三郎は里世を見上げた。

与三郎と共にいた女も、こちらを振り向く。里世の予想とは違う、きちんとした身なりの武家の娘だった。与三郎と娘の間に、艶っぽい崩れた雰囲気などまるでなく、ふたりともひどく真剣な目をして、何やら話し込んでいた様子だ。

「あんた、誰……」

里世も、間の抜けた声で訊ねた。どこかで見た覚えのある娘のような気もする。

「私は、松原初音と申します」

娘は、戸惑いながらも丁寧に名乗った。

あ、と里世はちいさな声を上げた。昨日、宗屋で、与三郎と見つめ合っていた、あの娘だ。

「あんた、なぜここにいるの」

　里世は訊ね、与三郎が顔をしかめた。

「おまえには関わりねぇよ」

「あの、私はこれで……」

　初音が、居たたまれない様子で立ち上がった。

「待て、まだ話は済んでいないだろう」

　与三郎が、めずらしく慌てている。

「いえ、また次に……」

「待て、とにかく送っていくから」

　そして与三郎も立ち上がる。あっという間に土間に降りると、初音の背を押し路地に出てゆく。触れそうなほどそばを過ぎた与三郎の袖を、里世は摑もうとした。しかし、乱暴に振り払われてしまった。

　ひとりぼっちで取り残された。初音は心配げに振り向いたのだが、与三郎は、ちらりとこちらを見もしない。

　みじめで、やるせなくて、このまま泣き崩れてしまいたい。それでも必死に自分を励まし、歩き出しはしたものの、やはり涙はあふれて落ちる。ぬぐいながら、里世は歩いた。どこへ行けばいいのかは、わからないままだった。

「与三郎さん……」

初音が呼びかけても、与三郎は返事をしない。

三度、繰り返してみて、初音は結局、あきらめた。里世をあんなふうに残してきてよかったのか……。いや、よいわけはないのに与三郎は容赦なく、里世にひどく冷たい。

黙ったまま、与三郎は人ごみをぬってゆく。時折、すれ違う女たちが驚いた目をして振り返ることがあった。与三郎はこの辺りでは有名な火消であり、いい男としても評判だという。そんな与三郎が武家娘を連れて歩いているというので人目をひいてしまうのだろう。

やがて、ふと与三郎は振り向いた。

「俺なんざと歩いていたら、あんたの迷惑になるんじゃねぇかな」

ひどく真剣な顔だ。本気で心配してくれているのが嬉しくて、初音は笑顔で答えた。

「迷惑どころか、私の評判がきっと上がりますよ。よ組の与三郎が恭しくお供をするあの娘は誰だ、よほどの娘さんに違いないって」

「いや、あんたの評判に傷がつくに違いねぇだろ」

「大丈夫、誰かに何か言われたら、迷子になっていた私を屋敷まで送り届けてくれたのよ、と言いますから。さすが評判の火消ね、やさしくて礼儀正しい方でしたよ、という褒《ほ》め言葉も添えるつもりです」

楽しげな笑い声を上げる初音に、与三郎はまだ渋い顔ながらも納得をしたようだ。

「昔も、そんなふうに私のことを心配してくださいましたね」

しみじみと、初音は言った。

与三郎が〝あの子〟であるとは、互いに確認済みだった。昨日、宗屋で会ったときにすぐ、それはわかっていたことだ。与三郎は知らぬふりをするつもりだったようだが、初音はすぐに〝よ組の与三郎〟について調べ上げ、早速、会いに来たのだった。虎之介に、一緒に来てくれるよう頼もうかとも思ったが、ひとりで会いたいと思い直した。

「あんたみたいなお嬢さんが、なぜ俺みたいな宿なしと遊びたがるのかわからなかったし。親に知れたら怒られるだろうなと思ったし」

「ありがとう。そんなやさしいあなただから、会いたかったのだと思います」

「わかんねぇな、本当に。ほんのちょっと橋の上で会って、話をしただけだろう」

「その、話をするだけのことが私には楽しかったんです」

とはいえ、初音が自分のことを話していただけだったように思う。与三郎は、面白そうに聞いていただけ。そして時折、あの目を初音に向けた。まるで、真夜中にのぞき込んだ井戸の水面《みなも》に映る月のような目、引き込まれずにはいられない、あの目。

「ふうん、わかんねぇな」

与三郎は、隣を歩く初音を横目で見下ろす。――そう、この目。

「でもあなたも、私を待ってくれていた。あれはなぜだったのでしょう」

「好きだったから」

驚いたことに、与三郎は間髪《かんはつ》いれぬ答えをくれた。

「あんたは本当にきれいなお嬢さんで、いい匂いがして、一緒にいると俺までいい人間になったような気になれた。宿なしの自分を忘れられたんだ。だから、あのあと大工に拾われて、自分は宗屋の縁続きの子どもなんだと言った。宗屋にとっては厄介者に違いねぇが、引き取らざるを得なくなるだろうと思ったんだ。宗屋を継ぎたいからじゃねぇ、宗屋の子になれれば、俺もあんたのようにきれいな人間になれると思ったからだ。あんたのようになりたかった」

淡々と、与三郎は語る。

「私もあなたが大好きでした」

初音は、胸があたたかなものに満たされるのを心地よく思いながら言った。

「だから、ずっとあなたに囚われていたの。あなたは橋から落とされて、もう生きていないのだと思っていた」

「……そうか」

「私がもう少しだけでも早く橋に着いていたら、あなたは生きていたかもしれない――

そんな後悔に苛《さいな》まれたり」

「悪かったな、まさかあんたが見ていたなんて知らなかったから。知っていたら、俺は生きているぞと姿を見せに行ったはずだ」

「ありがとう……」

初音は微笑み、与三郎を見上げた。そして、里世のことを思い出した。初音には、やさしくしてくれるひとなのに、なぜ里世にはあんなに冷たいのだろう。

「お里世さんのことは……」

つい、その名を口にすると、与三郎の顔が不機嫌に歪んだ。それでも初音は、踏み込んで訊ねる。

「与三郎さんは、お里世さんが嫌いなのですか」

与三郎は答えない。いくら待っても何も言わない。今まで素直に話をしてくれていた与三郎が、すっと遠のいてしまったように感じ、初音は慌てた。

触れてはいけないことに触れてしまった。ふたりのことは、初音にはなんの関係もないのだから。

話題を変えようと思案する。間もなく、初音はお梶のことを思いついた。与三郎を橋から落とした、あの女。そもそも与三郎はあのときなぜ、橋から落とされるようなことになったのだろう。

「あの……、あなたを亀島橋から落とした、あの女の人ですけど……」

「ああ、あれか」

与三郎は眉を寄せ、唸った。そして言うのだ。

「あれは、俺の母親だ」


「では、こちらとこちらと——そうね、こちらも置かせていただきましょう」

白屋の内儀・お喜美が厳しい顔で、卯野と花絵が持参した手絡を選《よ》りわけてゆく。

お喜美からは、

『これからの季節に先立つ柄のもの。季節を問わない落ち着いた柄のもの。あっと驚くくふうのあるもの』

という注文が出ていた。

叶屋の袋物を仕立てる布から出た端ぎれを使う、という基本があるため、いろいろとくふうしようにも、どうしても限界がある。苦労しながら作ったものの中からお喜美の〝良し〟が出て、卯野も花絵も安堵《あんど》した。

花絵の膝には、お小夜がまとわりついている。お夏とお千もそばにいて、手絡を手に取りながめたり、花絵の様子をうかがったりしていた。実はこの娘たちは四姉妹であり、その長女である花絵は、妹たちを気にする素ぶりはまったく見せず、ただ商いのことに集中しているようだった。

「ありがとうございます」

花絵は、神妙に頭を下げる。

改めて、正式な売値や互いの取り分などの交渉などもし、気の張る話し合いが済んだあと、お喜美が、こちらは仕入れないとして選り分けた中の、ある手絡に手を伸ばした。

蝶《ちょう》の小紋と大きな蝶の柄の二種類の端ぎれを組み合わせたものだ。

「本当はこれも置いてみたいのだけど、こういった――うまく見せるための掛け方が難しいものは、それなりのひとしか手を出さないでしょうし、少し値を高くつけたいとも思うし、うちのような小さな小間物屋《こまものや》では売る自信がないわ」

ひどく残念そうに言った。

これはきれいに飾ってもらえそうだと、卯野も花絵も自信を持っていた品だったので、正直、お喜美が「これはいらない」と分けたときには内心、がっかりしていたのだ。しかし、理由を聞けば、なるほどと納得がいった。

しばらくとりとめのないことを話したり、卯野や花絵と遊びたがるお小夜の相手をしたりして過ごした。和やかで楽しいひとときだったが、お喜美も花絵も母娘らしい親しみを見せることはない。花絵の異父妹たちへの態度も、やさしいながらもどこか一線を引いた様子だ。

「また来てね」

盛大に両手を振るお小夜に見送られ、卯野と花絵は白屋を出た。

帰る道々も、花絵は白屋の人々について、特に何を言うこともない。しかし、かたくなにそうしているというのではない。花絵にとっては、あのひとたちとは距離を置かないまでも近づきすぎずにいたいというのが自然な気持ちなのだろう。

「大きな蝶と小さな蝶の手絡、置いてもらえなかったわね」

花絵が、ため息をついた。

「そうねえ。白屋さんでうまく売れるようになって、叶屋さんにも置いてもらえるようになったら――そのときまで、しまっておくしかないかしらね」

「あるいは、お卯野さんが髪結いに出かけるとき、似合いそうなお客さんに直接、声をかけてみるか……」

「そうねえ」

「あたしたちで、あたしたちの手絡だけを売る店を持てたら面白いのにね」

花絵の思いつきに、卯野も頷いた。

「手絡だけでなく、女の人をきれいにするもの、女の人がきれいだと思うものを私たちで作って、それを売れたら楽しいわねえ」

「いいわね。ではまずは、白屋で置いてもらう手絡がすぐに売り切れるくらい、たくさんの女の人の気を引けることを祈りましょう」

ふたりは、店を出すなら場所はどこがいいだとか、いつかとんでもない大店になってしまったらどうしましょうだとか、夢を語り合いながら歩いた。

やがてそれぞれの住まいへの分かれ道に来て、花絵は八丁堀へ、卯野は呉服町へと足を向け、さよならを言う。それから卯野は少し速足になり、長屋に戻った。

「ただいま帰りました」

声をかけながら腰高障子を開けると、お梶が来ていた。

「お邪魔をしております」

丁寧に頭を下げるお梶と、八重の前にはいつものように縫いものの道具や布が広げられている。

「八重さまにうかがいたいことがあって、参りました」

「私は上におりますから、どうぞ、ゆっくりなさってくださいね」

「いえ、そろそろお暇《いとま》いたしますから……」

「私も、調べたいことや考えたいことがあるんです。ですから、お気づかいはなさらないで」

笑顔で、卯野は二階へ上がろうとした。

ところがそこへ、慌ただしく腰高障子が開かれたのだ。土間に飛び込むように入って来たのは、初音だ。武家の娘のお手本のように礼儀正しくおとなしい初音にしてはあり得ない、無礼な態度で、卯野はびっくりして足を止めた。

「申し訳ありません、お卯野さん、いらっしゃるかしら。実は――」

言いかけた初音の口が止まる。

初音は、大きく見開いた目でお梶を見ていた。ただただ、凝視していた。

「実は、私――」

囁くような小さな声で、初音は続ける。

「その方がどこにお住まいなのかをうかがいたくて、参りましたの」

四

与三郎を亀島橋から落とした、あの女が、与三郎の母親――。

あまりにも意外な事実を告げた与三郎の顔は、苦々しげに歪んでいた。

「俺を捨てた母親だよ。あの日、橋の上で会ったのは偶然だ。随分と立派な身なりをしていたから最初は誰だかわからなかったんだが、向こうが先に気づいて近づいて来た」

ところが、寄ってくるときの母親の顔が異様な様子で、与三郎は思わず恐怖を覚えたという。

「なんだろうな、無表情、能面、幽霊――。生きてる人のようじゃねぇんだ」

ゆらゆらと近づいてくると、

『与三郎……』

母親は呟いた。かと思うと、いきなり与三郎を抱え上げ、川へと投げ落としたというのだ。あっという間の出来事だった。

「あのころの俺は痩せっぽちだったし、女の腕で抱えることなどできねぇとは言わないが、まるで、この世のものではない何かに取り憑かれて、人間以上の力をその一瞬だけ身につけたかのようだった」

川面へ落ちてゆきながら、与三郎は母親の目を見ていた。その目も与三郎を見つめていた。しかしやはり、なんの感情も見られない、恐ろしいほどの無のみを宿した目だったのだ。

幸い、落ちたのが川の真ん中あたりの深い場所だったおかげで大事には至らず、浮き上がったあとは慎重に流れを捉えて泳ぎ、なんとか岸辺に辿り着いた。そして土手を上がっていったところであの大工と会ったのだった。

与三郎が説明をしている間、初音はただただ絶句していた。与三郎が黙ると、ようよう、

「なぜ、お母さまがそんなことを……」

そんな呟きを喉から押し出す。

「知らねぇよ。あれきり会ったことはねぇし、どうでもいいことだし」

「どうでもいいだなんて……」

「あの女が存在していること自体、あの日に頭から消しちまってるし。だが――、あの大工に自分は宗屋の縁続きだと言ったのは、母親にそんなことをされたからだったのかもしれない。俺を二度も捨てた、しかも二度目はゴミのように川へ落としやがった母親に対する怒りが、橋の下で暮らして終わるような人間にはなりたくねぇと俺に思わせたのかも知れん。だとしたら、あの母親も悪いことばかりしたというわけではねぇのかな」

「ひどいめに遭わされたのを、そんなふうに前向きに捉えた与三郎さんが立派だったのだと思いますよ」

「だが、そのあとまた宗屋に捨てられて、結局はこの体《てい》たらくだからなぁ」

自嘲する与三郎を、初音は悲しく見上げた。

しばらく黙って歩いたあと、初音は、はっと思い出した。

「そうだわ、私、与三郎さんのお母さまに会ったんです。そのときはもちろん、お母さまだとは知らなくて、ただ、あなたを川から落とした女の人だと気がついてびっくりして、虎之介さまと、とにかく宗屋さんに行って話を聞いてみようということになって」

「で、あんたたちは宗屋に来たのか」

「はい。まさか、お母さまだったなんて……」

「笑い話だよな」

「いいえ、笑い捨ててはいけないわ。あの方がどこに住んでいらっしゃるのか、どこへ行けば会えるのかは、お卯野さんにうかがえばわかると思います。私、お卯野さんのお宅であの方に会ったんです。今すぐ、お卯野さんのお宅までご一緒しましょう。さあ——」

袖に掛けられた初音の手を、与三郎は振り払った。

「行かねぇよ」

「でも……」

「頭の中から消した女だ。二度と会う気はねぇ」

あとはひとりで帰《け》ぇれるな、と不機嫌に言い残し、背を向けて行ってしまった。ひとり残された初音は、それでも——と、ひとりで卯野の住まいまで駆けて来たのだった。

「お梶さんのお住まい……」

困惑した目で、八重は初音を見、次にお梶を見た。

卯野も、二階へ上がろうとしていた足を止め、眉をひそめながら土間の近くへと戻った。

「初音さまがなぜ、お梶さんのお住まいを……」

初音は卯野の問いに答えず、お梶をひたと見据えている。

「あなたは、与三郎さんのお母さまですね」

初音が訊ねると、お梶の眉がぴくりと揺れる。同時に、卯野と八重の目が大きく見開かれる。

「そして、お母さまなのに与三郎さんを昔、亀島橋から投げ落とした」

「え」

母娘はおなじ驚愕《きようがく》の声を上げ、お梶を凝視した。

お梶は誰を見返すこともなく、表情を動かすこともなく、ただ目の前にある縫いかけの布を見ている。

「私はあのとき、橋の上で与三郎さんと待ち合わせをしていたの。そして、あなたがしたことを見てしまった」

「なぜ、武家のお嬢さんのあなたが与三郎と……」

お梶の口から出たのは、張りつめた声のそんな問いだった。

「迷子になった私を助けてくれたことがあって、それ以来、私たちは仲よしの友だちでした。私は、与三郎さんはあのとき死んでしまったのだと思っていた。だから、犯人であるあなたをずっと捜していました。その顔を、決して忘れまいと誓って。でもまさか、与三郎さんは生きていたなんて。あなたが与三郎さんのお母さまだったなんて……」

しばらくは、しんと深い静寂が続いた。やがて、お梶が目を上げる。

「お嬢さんは、与三郎の素性をどこまでご存知でいらっしゃるのでしょうか」

「宗屋の先代の孫だということは知っています」

「そうですか……」

やわらかく、けれども悲しげにお梶は微笑み、淡々と語りはじめる。

「あたしは、前にも八重さまにお話ししたとおり、ちいさな菓子屋の娘に生まれました。宗屋の今のご主人とは幼馴染《おさななじみ》で、年ごろになると将来を約束した仲になりました」

ところが、宗屋の先代が亡くなる前、跡継ぎであるひとり息子の素行があまりにもひどいというので、そちらは廃嫡《はいちゃく》とし、先代の妹の子である今の伝十郎を次の主に据えたらどうかという意見が親戚筋《しんせきすじ》から上がった。

先代の息子は、賭場《とば》に出入りするわ、岡場所《おかばしよ》に入り浸り家に戻らないわ、帰ったかと思えばいかにも身持ちの悪そうな女を連れているわといった様子で、とにかくひどい男だったという。

自分の老い先が短いだろうことを察していた先代は、周囲の言うとおり実子を追い出し、甥《おい》を養子に取ると決めた。

そして先代は、甥に伝十郎の名を継がせるにあたり、ひとつ条件を出してきた。先代が決めた女を嫁として娶《めと》ること。その女が、お治である。お治は、宗屋の客である大店の娘だった。お治の父親と先代は個人的にも親しく、嫁入り先の世話を頼まれていたのだ。

「あたしは、あのひとのことを思って身を引きました。誤解しないでくださいね、あのひとがあたしを捨てたんじゃないんです。あたしが姿を消したの。宗屋の身代なんていらない、お梶にそばにいてほしい、あのひとはそう言ってくれた。だから、その言葉に甘えてはいけないと思った。実家にいたら見つかってしまうから、家を出てまで……」

親類のところに身を隠していたのだが、どこでどうそれを聞きつけたのか、そこへ先代の息子が現れた。

「本当にどうしようもない男だったけど、与三郎とよく似た、見栄えのいい男でもあったんです。しかも、最初はあたしに心底やさしくしてくれた。自分は宗屋を継ぐいとこを恨んだりしていない、あの男が継いだほうが宗屋は栄えるに決まっている、俺は黙って身を引くさ――」

お梶の気持ちと、ぴたりと重なることを言う。いや嘘だろう、この男なら、こんな殊勝な嘘をついてみせることもなんとも思わないに違いない――わかっていたはずなのに、ころりと騙《だま》され、ほだされた。

「気づいたときには、与三郎がおなかにいたんです」

あの男は、お梶の腹が充分、大きくなるまで待ってから、お梶を連れて宗屋に乗り込んだ。先代はすでに亡く、主夫婦となっていた伝十郎とお治の前にお梶を突き出し、

『見ろよ。お前の女の腹ん中には俺の子がいる。お前、こんな女のどこがよかったんだ。ちょっと言い寄っただけで簡単に落ちたぞ。尻軽のくせに、床の中では男まかせでつまんねぇ女だしなあ』

大声で言うと、大笑いをしてみせた。

「あたしは、宗屋へ連れて行かれるなんて知らなかった……」

あまりの仕打ちに、お梶は意識をなくし、宗屋の店先に倒れこんでしまった。

「気がつくと、お内儀さんに介抱されていました。……みじめだった。死んでしまいたいと思った。あたしが目を覚ますと、お内儀さんはあのひとを呼んでくると言ってあたしのそばを離れたの。――冗談じゃない。あんな男に騙されて、あんな男の子を身ごもった姿なんて、あのひとにもう見られたくない。だからあたしは、お内儀さんが戻る前に急いで宗屋を逃げ出した……」

その後は、また親類のもとに戻り、子どもを産んだ。しかし、母子で世話になっているのは心苦しく、次第に迷惑がられるようにもなっていったため、そこも出ざるを得なかった。といって実家には戻れない。親類の伝手《つて》で奉公先を見つけ、ひとりで子どもを

育て始めたものの、やがて貧しさと疲労に耐えられなくなり、そのうえあの男の子だと思うと与三郎を可愛《かわい》いとは思えなくもなり、

「あの男がいなければ、この子がいなければ――と、あたしはどんどん追い詰められていきました」

ある日、与三郎を置いてふらふらと住まいを出た。気づくと、実家の前にいた。

「怒られる、嫌われる、拒まれる――そう思っていたのに、おっ母さんはあたしに気づくと駆け寄って抱きしめてくれた。お父つぁんも、おっ母さんごとあたしを抱いて。三人で泣いたの」

帰って来なさい――と、両親は言ってくれた。親の愛情にくるまれて、その晩、お梶は何年ぶりかでぐっすりと眠った。しかし、そのときお梶は、大きな、大きすぎる罪を犯したのだ。

「次の朝、子どもはどうした、と、お父つぁんに訊《き》かれました。あたし――あたし、心底、疲れ果てていて。母親でいることから逃げたくて。つい――言ってしまったんです、子どもは死んだ、だから帰ってきたの――と」

「ひどい……」

思わず呟いた卯野を見、お梶は頷いた。

「ええ、本当にひどい話。でも、あのときのあたしにはそれが精いっぱいだった」

我に返って後悔するのがいやで、お梶は必死に与三郎のことを忘れようとした。実際、与三郎はそのときまだ三つで、ひとり取り残された幼児が生き残れるとは思えなかった。子どもは死んだのだ、という幻想の中でお梶は生きた。久しぶりの、穏やかな毎日だった。

そんな中、どこでお梶を見初めたのか、味噌屋《みそや》の主から縁談が持ち込まれたのだ。過去はすべて忘れて生きようと決め、お梶は味噌屋に嫁入った。

「ところが、子どもに恵まれなかった……」

最初の子は亡くなり、のちに二度、身ごもった子はふたりとも腹の中で死んだ。

夫は、気にするな、子どもが生まれなくてもいいとまで言って慰めてくれたのだが、お梶の気持ちは大きく揺れて、次第に落ち着きをなくしていった。ちいさなことで泣いたり怒ったり、夫の差しのべる手を払いのけて喉が痛むまでわけのわからないことを叫んだり。

「そんなとき、亀島橋をふらふらと歩いていて、与三郎と再会したんです。母親って面白いもんですね、三つのときに捨てたのに、そのときには十になっていたはずなのに、あの子だと、すぐにわかった。本当は死んだ子なのに、あたしを罰するために過去からよみがえってきたのだと思いました。この子はきっと、幽霊になってあたしのそばにずっといて、あたしが身ごもるたびに邪魔をしてきたのに違いない、この子のせいであたしは子どもを産めないんだ……そんなふうに思ってしまった。だから、この子を消さなければいけない」

そしてお梶は、与三郎を抱き上げて川へ落としたのだった。

落ちてゆく与三郎の目を見ていた。十の子とは思えないほど、深い悲しみと孤独を宿した目。やがてその目は水に沈み、見えなくなった。それでもお梶は水面を見ていた。

ふっと我に返ったのは、どれほどのちのことだったか。

「さすがにあたしは慌てて、川下へ向かって走って……」

そのとき、与三郎が土手に上がり、男に助けられているのを見た。

「ほっとしました。ほっとしましたけど……」

我が子を二度、捨てたことになり、そんな自分を許すことができなくて、お梶の気鬱《きうつ》はさらにひどくなった。結局、夫からは愛想をつかされ、離縁された。

以来、実家とも縁を切り、ひとりでひっそりと生きてきたのだ。

「まさか、あれを見ていたひとがいたなんて」

お梶は自嘲し、初音を見る。

「お嬢さんは、あたしを見つけたら番屋へ突き出すおつもりだったのでしょう」

問われた初音は、頷いた。

「はい。〝あの子〟は殺されてしまったのだと信じておりましたし、〝あの子〟の恨みを晴らしたくて……、そうですね、あなたに罪を認めさせ、償わせるつもりでした。でも〝あの子〟——いえ、与三郎さんは生きている」

「それでも、あたしには罪がある」

「二度と会う気はないと、与三郎さんはおっしゃっていました」

「あたしだって、会えるなんて思っちゃいませんよ」

寂しげに、お梶は首を振った。

五

里世は肩を落とし、うつむきながら歩いていた。

与三郎は行ってしまった。あの、きれいな女と一緒に行ってしまった。

あの女は誰だろう。今まで、与三郎のそばに現れた女たちとはまったく違う。澄んだ目をしていた。物腰はやわらかく、声はやさしく、顔はきれいで、きっと心の中もきれい。

武家の娘だった。一体どこで、与三郎は武家娘などと知り合ったのだろう。

あれが誰なのだとしても、与三郎にとって特別な女なのは間違いない。ふたりの間に流れていた、あの特別な空気。

なぜ、なぜ、なぜ――。

一歩を歩むごとに、何かを踏みつけ踏みにじるかのように両足に力を込めて進む。そうしながら里世は、胸の中で『なぜ』と何度も繰り返す。

あの日以来、与三郎は、捜しても捜してもどこにもいない。住まいを訪ねても留守ばかりだ。

恥を忍んで隣の住人に訊ねてみたのだが、障子を叩くのに応えて不機嫌そうに現れた白髪頭の女は、そこにいるのが里世だと知ると、途端に嘲笑を口の端に浮かべた。

『与三さんがどこにいるのかなんて、あたしが知るもんかい』

そして、ねっとりといやらしい口調で、興味津々にあれこれ訊ねてきそうになったのを振りきり、里世は長屋を後にした。

なぜ、与三郎はどこにもいないの。なぜ、与三郎に会えないの。なぜ、なぜ、なぜ――。

知らぬ間に、日本橋を渡っていた。今日も人であふれ返る中を、一心不乱に進んでゆく。どこへ行こうと決めているわけではないし、どこまで行くのか自分でもわかっていない。

「火事が――」

と聞こえた。続いて、

「火消が」

里世は、目を上げる。どこかで火が出たのか。火消が来たのか。

ふわりと風が吹き、目の前に、藍色《あいいろ》の暖簾《のれん》が大きく舞い上がった。染め抜かれた紋は「丸に井桁《いげた》三」。駿河町《するがちょう》の呉服屋、越後屋《えちごや》だ。二十一間《けん》も間口のある、びっくりするほど大きな店の、端の辺りだった。

こんなところまで来ていたのか……。

また舞い上がり、目の前を邪魔する暖簾を、里世は顔をしかめながら払いのけた。周りの誰も騒いでいない。空ものんびりと青く、煙が見えるわけでもない。空耳だったのか、あるいは誰かが何かの火事についての話をしていただけなのか——里世は苦笑した。

そして、ぽつりと呟く。

「火事になれば、あのひとに会える」

いつだったか、卯野と八百屋お七の話をしたことがあったのを思い出した。あたし、お七の真似《まね》をしようなんて思ってはいませんからね——そう言って笑ってみせたのだったが、今の里世は、あんなふうには笑えない。

火事になれば、与三郎に会える。よ組の纏持ちの与三郎は、いの一番に駆けてくる。今、与三郎はどこにいるの。与三郎に会いたい。火事になれば——。

ふらりと、また里世は歩き始めた。

お梶のこと、与三郎のこと、初音のこと――気になることばかりなのだが、誰に会うこともない日々を卯野は送っていた。

虎之介の顔も見ていない。会いたいけれども、初音との縁談が進んでいるのかいないのか、それを知るのが怖くて会いたくないとも思ってしまう。

ありがたいことに毎日、誰かが髪結いに呼んでくれるので忙しくしていられる。その合間には、花絵と手絡の商いについての話をする。いよいよ白屋に品が置かれて、今は客の反応を待っているところだ。

「あたし、隠れてこっそり白屋を見て来たのよ」

初日、花絵はそう言った。朝一番、まだ品が並べられたばかりのことで、

「しばらく見ていたのに、誰も手に取ってくれなかったわ」

と、がっかりしていた。しかし、花絵は、おとなしく立っているのに飽きて疲れてしまい、すぐにその場を離れてしまったらしい。そんなに短い時間では何もわからないだろうと卯野は苦笑し、花絵も笑った。そして、しばらく待ってから、ふたり一緒に様子を聞きに行こうと約束した。

お梶は、あれから姿を見せていない。

今日の仕事を終えてひと息つき、昼餉の支度をしながら、卯野はそのことを口にした。

「お梶さんは、どうしていらっしゃるのでしょう。また、遊びにいらっしゃることはあるかしら」

「そうねえ……」

八重は、重くため息をついた。

「もういらっしゃらないかもしれないわね。誰にも知られたくなかったのだろう過去の話を、私たちにすべて話してしまわれたのですから」

卯野もおなじように思っていた。それが、とても残念だった。八重に、せっかく友だちができたというのに。

八重自身、とても残念に、そして寂しく思っていることだろう。けれども、

「さ、早くおひるにしましょう。私も朝からずっと仕事をしていましたから、すっかりおなかがすいてしまいました」

張りのある声を上げ、笑って見せる。

卯野も合わせて「はい」と元気に返事をし、箱膳の用意をした。朝に炊いた飯を盛り、あとは大根の漬物と油揚げを煮たもの。朝の残りの味噌汁もある。

「では、いただきましょう」

八重が言い、揃《そろ》って箸《はし》を取り上げたところで、ふいに腰高障子が開かれた。ひょいと顔を見せたのは、向かいに住むおせきだ。

「お客さんなんだけど……」

卯野は、あわてて立ち上がる。髪結いのお客だろうか。

しかし、おせきの背後から不安げな顔を見せたのは、里世の母のお治だった。

「まあ、お内儀さん……」

「こんにちは。お卯野さん、こちらに里世は……」

「いえ、いらしておりませんが」

それでもお治は、屏風《びょうぶ》の陰や階段の上が気になるようで、そちらへとそわそわした目を向ける。

「本当に、いらしてはおりませんの。お里世さん、どうかなさったのですか」

卯野が訊ねると、お治は泣き出しそうな目をして答えた。

「あれ以来、お父つぁんともあたしとも一言も口をきかなくて。毎日、出かけてばかりいるんです。与三郎に会いに行っているに違いないと思ったのだけれど、よ組の頭に訊ねたら、与三郎は三河屋さんに泊まり込んでいるから里世とは会えるはずがない、って。もう、一体どこをふらついているのか」

ついに、昨日の昼に出かけたきり、今日になっても戻らなくなった。

「まさか、思い詰めるあまり身投げなんて考えていたら……」

心配で心配で、捜し歩いているのだという。

「お卯野さんのところに、また願掛けに来ているのではないかと思ったの。お卯野さんに髪を結ってもらえば与三郎に会える、とか」

「そう考えて、来てくだされぱよかったのに」

「……本当にいないのね」

お治は、がっくりと肩を落とした。

「卯野、心当たりはないのですか」

八重が言い、卯野は考えてみたのだが、友だちのところにいるのではないか、ということくらいしか思い浮かばない。

「私も一緒に捜します」

卯野は土間に降りた。友だちのところなど、お治ももう捜しているのだろうが、万一そこに隠れていた場合、卯野が問いかければ応えることもあるかもしれない。

恐縮するお治と共に、卯野は長屋を出た。


里世の耳の中で半鐘が鳴り響く。

『火事になれば、あのひとに会える』

頭の中で誰かが囁き続けている。

時折、ふと我に返る。そのたびに立ち止まり、ここはどこだろうと確かめようとするのだが、すぐに半鐘が鳴り出し誰かの囁きもよみがえり、ふらふらと歩き始めてしまう。

「火事になれば――」

頭の中の囁きに、合わせるように呟いた。するとそのふたつの声は、驚くほどぴたりときれいに重なる。――あたしの声だ。

里世は立ち止まった。

火事になれば与三郎に会える。与三郎がその火を消しに来てくれる。

辺りを、ゆらゆらと見渡す。何か、燃えやすいものはないだろうか。それに火を付けるには、どうしたらいいのだろう。里世は、火を熾《おこ》したことなど一度もない。

燃えやすいもの――とりあえずはそれを求めて目をさまよわせながら、里世は思わず苦笑した。

里世が今知る、一番燃えやすいもの、それは里世の胸の中にある想いだ。与三郎を想う気持ち。取り出して、目の前で揺れているどこかの店の暖簾に投げつけたら、きっと江戸中を焼き尽くすほどの火事を起こすことができるだろう。

と、そのときだ。里世の目の端に、炎の色がちらりと走った。

火だ。求めていたものを目の前に差し出され、里世はその火を目指して走り出した。

大きな瀬戸物屋の脇、裏手に続いてゆく路地の入り口に、その火はあった。女がひとり、路地へと入り込んでゆく。白髪まじりの髪をだらしなく結った、疲れた顔の初老の女。火は、その女の手にあるのだ。こっそりとてのひらに隠したぼろ布で、小さな火が、ふわふわと明滅しながら揺れている。

女は路地に消えた。里世は、あわてて足を速め、女のあとを――いや、火のあとを追いかけた。それほど里世は火を欲し、火事を欲し、与三郎を欲していた。

里世も路地に入り込む。路地はそのまま、裏手にある瀬戸物屋の離れに続いているようだ。

女は、離れを囲む生垣のそばに立っていた。そして、ぼろ布から何か棒切れのようなものに火を移しているようだ。途端に、ぼっと炎がふくらんだ。

里世は驚き、立ち止まった。

女は、棒切れの先で燃える火を、無表情に見つめている。みるみる炎は大きくなってゆく。あの棒には、おそらく油が染み込ませてあるのだろう。

女は、生垣にその棒を近づけた。その瞬間、里世の目は覚め、我に返った。

あの女、付け火をしようとしている――。

女は里世に気づいていない。見られているとは思いもせず、ためらいもせず生垣に火を付けた。

里世は思わず悲鳴を上げた。

女が振り向く。火の付いた棒を持ったまま、こちらに向かい走ってきた。

あの火をあたしにも付けようとしているのではないか――そんな恐怖が里世を襲った。悲鳴を上げつづけながら、里世は地にしゃがみこむ。

しかし女は、里世の脇をすり抜け、逃げ去っていった。

里世は、おそるおそる顔を上げ、女の後ろ姿を見送った。一心不乱に逃げていく女の、乱れた髪から、髷《まげ》にようよう引っかかっていただけの櫛《くし》が転がり落ちる。そろそろと近づき、里世は櫛を拾い上げた。どれほど使い込んだのか、塗りが剝げ、歯もいくつか欠けている、安物の櫛だった。

その間に女は、路地から通りへ出、姿を消した。

櫛を手に、里世は生垣に向き直る。炎は、じわじわ大きくなり始めている。

――火だ。

この火を放っておけば、確実に火事になる。火事になればあのひとに会える。与三郎に会える。

魅入られたように、ふくらんでゆく炎を見つめる。

このまま、知らぬふりでここから立ち去ってしまえば――。

里世は、ふらりと踵を返した。路地を抜け、通りに出る。そのまま歩き続けた。

火は、まだ誰にも見つかっていないようだ。火事だと騒ぐ声はしない。ゆっくり、ゆつくりと瀬戸物屋から遠ざかる。

「お里世さん、いやだ、こんなところにいらしたの」

ふいに背中に、甲高い声が突き刺さった。里世は、びくりとふるえながら振り向いた。

卯野だ。卯野が、走り寄ってくる。

「お内儀さんと一緒に、捜し歩いていたんですよ。一晩、おうちに帰らなかったそうね、いったいどこに――」

そこで、卯野の声が途切れた。

「ねえ、なんだか嫌な臭《にお》いがしませんか」

里世は、瀬戸物屋の辺りをうかがった。炎はまだ見えていない。しかし、里世は知っている。瀬戸物屋の裏で、火が、確実に燃えている。やがて大きな火事になる。火事になれば、火消がやって来る。与三郎に会える。屋根の上で、火の粉を浴びても炎が足元まで迫って来ても知らぬ顔で、身に襲い掛かる危険をも振り飛ばしそうな雄々《おお》しさで纏を振る、与三郎の姿を見られる。

けれど――。

里世は、大きな悲鳴を上げた。

卯野は、お治と共に思いつく場所をあちこち訪ね回っていた。

するとゆうべは仲よしの娘のもとにこっそり身を寄せていたことがわかった。その娘は思ったとおり、お治が訪ねたときには知らないと嘘をついたのだ。ふたたびお治がやって来て、しかも卯野まで連れていたというので、その娘は渋々、白状したのだった。しかし、朝、起きてみると里世の姿は消えており、どこへ行ったのかは知らないと言う。

そこからはお治と離れ、それぞれに里世を捜し歩いているところだった。

瀬戸物屋の前を通りがかったとき、前をゆく人々の中に里世の後ろ姿を見つけた。

声をかけると里世はすぐに振り向いたのだが、どこか様子がおかしい。いぶかしく思いながら近寄ると、どこかから、何か嫌な臭いが流れてきているような気がした。

「なんだか、煙のような……」

話しかけるのだが、里世は呆《ほう》けたような目で遠くを見ているだけだ。ところが、ふいに大きな悲鳴を上げた。

「お里世さん、どうしたの」

あわてて里世の背に手を当て、顔をのぞき込む。

長く続く、異様な悲鳴を上げていたかと思うと、里世はふいに口を閉じ、卯野を凝視した。

「お里世さん……」

「火事」

「え、火事」

「そう、火事なのよ、お卯野さん」

「どこに……」

「瀬戸物屋の裏。消さなくちゃ」

卯野の手から逃れ、走り出す里世を、卯野はわけもわからず追いかけた。火事に近づきたくはないのだが、せっかく見つけた里世を見失うわけにはいかない。

里世は、わき目もふらずに瀬戸物屋へと急ぎ、路地から奥へと入っていった。ところが、すぐに引き返してくる。

「……火が」

怯《おび》えた顔で卯野に近寄り、煙にむせたのか苦しげな咳《せき》をした。

卯野も、路地の入り口から奥をのぞいてみた。すると途端に大きな炎が目に入り、短い悲鳴を上げる。

「消さなくては」

卯野は、周囲を見渡し、天水桶《てんすいおけ》を探した。

その間に火事に気づいた者も出始め、辺りは騒然とし始める。瀬戸物屋から客が逃げ出し、店の者も次々、走り出してきた。

天水桶を見つけた卯野が手を出そうとすると、近くにいた男に、

「危ねぇから、どいてろ」

肩を押されて退《ど》けられた。あっという間に人が集まり、消火が始まる。それでもなかなか消えない火を、不安な思いで見つめていた卯野は、里世のことを思い出した。慌てて捜すのだが、姿がない。野次馬も集まって来て大変な騒ぎになりつつあり、辺りはとにかく人だらけなのだ。

人ごみをかいくぐり、里世を捜した。ところが、里世はどこにもいない。名を呼んでみても、あたりを飛び交う怒声や悲鳴などに消されてしまう。

と、ふいに半鐘が鳴り始めた。

皆の目が、すぐ近くの番所の隣に立つ火《ひ》の見櫓《みやぐら》を、一斉にふり仰ぐ。卯野も、つられて目を上げた。

里世がいた。

一心不乱に、里世は鐘を鳴らしている。振袖が、帯の端が、ひらひらと風に舞っている。紅と黒、金に緑、あざやかな色が、真っ青な空に映えて揺れる。そして、ひたむきで真っすぐな里世のまなざし。それらは、あまりにも美しい。

「きれい……」

卯野は、ただただ見惚れた。火事への嫌悪も、兄を亡くしたことへの無念も、今は頭

を過《よ》ぎりすらしない。

やがて、火消たちがやって来た。

「よ組が来た」

「与三郎だよ」

先頭を走るのは、与三郎だ。重いはずの纏をさりげなく担ぎ、軽やかに走ってゆく。

卯野はそちらを見、その後にまた里世を見上げた。

里世は、鐘を鳴らす手を止めて、与三郎を見下ろしていた。その視線に気づいたのか、与三郎も、足は止めずに火の見櫓をちらりと見上げる。

ふたりの目が合った。どちらもひどく冷静だった。与三郎は火事場へと走り続け、里世は櫓から地上を見下ろし続けた。

火は、瀬戸物屋を丸々、飲み込みつつある。

卯野は、火の見櫓に近づこうと人ごみをかき分けて行く。途中、里世の名が耳に入り、ついそちらへ目を向けた。見知らぬ男が、櫓の上の里世を見上げ、隣の女に話しかけていた。

「宗屋の、お里世お嬢さんだ。あの娘は確か、与三郎を追い回しているのじゃなかったか」

「そうそう。追い回しても相手にされず、笑い者になっていたわ」

女が、意地悪な顔で答えた。

「おいおい、あの娘の付け火じゃあないだろうね」

「ああ、もしかしたらそうかもね。ほら、八百屋お七って芝居があったろう」

近くにいた、他の女が話に加わる。

「見た見た。雪の降る中、振袖姿の娘が火の見櫓に登っていくんだ。髪や帯や袖がひらひら舞って、きれいだけれど恐ろしい……」

「お七は、恋い焦がれた男に会いたくて、火を付けたんだよね」

「まさか、あの娘も与三郎会いたさに……」

「火事になれば、火消が飛んでくる。与三郎に会える」

「まさかねえ」

卯野は、立ち止まりその会話を聞いていた。いつの間にか話の輪は広がり、野次馬の多くが火事ではなく櫓の上の娘を見上げるようになっている。

その間に、よ組の消火活動は手際よく進められていた。消火といっても火を消すわけではなく、隣家などの建物を壊し、類焼を防ぐのが火消たちの仕事だ。瀬戸物屋の両隣は煎餅屋《せんべいや》と小間物屋で、どちらもすでに取り壊されつつある。

与三郎は、小間物屋から三軒先の屋根に登り、纏を振る。火事はここで起きていると知らせるため、仲間たちの勇気を奮い立たせるため、鎮火するまで重い纏を振りつづけるのだ。

もちろん、なかなか火が消えず、纏持ちの立つ家にまで火が付くことも起こり得る。それでも纏持ちが逃げることはない。相当のいのち知らずでなければ務まらない。

与三郎の生い立ちを知った今、卯野には、与三郎が火消でしかも纏持ちであるのがあまりにも自然なことであるように思われた。与三郎は、おそらく死ぬことを恐れていない……。

里世は、纏を振る与三郎をぼんやりと見つめている。

「おうい、降りて来い」

櫓の下から、里世に声が投げられた。そちらを見ると、卯野が顔だけは知っている八丁堀同心である。

里世は気づかず、ただ与三郎を見つめている。同心が苛立ち、自分も登って行こうと足をかけたところで、ゆらりと里世は下を見た。

「降りて来い」

今度は同心の声が届いたようで、里世はおとなしく降りてきた。

卯野は、また人ごみをかき分けて走り始めた。皆が里世を近くで見ようと動き出したため、なかなか身動きが取れず、ようよう火の見櫓の下に辿り着いてみると、同心が里世の肩を摑み、なんと縄を掛けようとしている。

「お里世さん」

卯野は、仰天し、大慌てで里世に駆け寄った。

ちょうどそのとき、中年の同心がもったいぶった口調で言う。

「宗屋の里世――、火を付けたのは、おめぇだな」

六

「こんなことになるなんて、思いもしませんでした」

初音は囁くように言い、膝の上で、湯飲み茶碗《ぢゃわん》をあたためるように包み込んだ。

「私は〝あの女〟を捜していただけなのに」

見つかってみたら、一気にあれもこれもと騒ぎが起きて、ただただ初音は驚いた。しかも最後には、あわや江戸を焼き尽くすことになるかとも思われた、瀬戸物屋の火事だ。

初音は虎之介に連れられて、両国橋にある団子屋に来ていた。屋台の団子屋なのだが、周りを葦簀《よしず》で囲い、ちょっとした茶屋のような風情《ふぜい》がある。虎之介は常連のようで、まずは店主の娘に声をかけ、

「あら武井の若さま、久しぶりじゃありませんか」

親しげに言葉を返されて、しばらく楽しそうに談笑していた。娘は、初音に興味津々

のようなのだが、これは誰だとうるさく訊ねてくるような野暮な真似はしない。

「初音どのは——」

虎之介が、気難しく眉を寄せつつ、唸るように言った。

「はい、なんでしょう」

「なんだ、その……、与三郎のことはもういいのか」

「ああ……、ええ、ふたりでゆっくりお話をしました。あのころのこと……。あれは私の初恋だったのでしょうねえ。本当に、生きていてくれてよかった」

微笑む初音に、虎之介は安心したようだ。

「与三郎と里世が訳ありだったなんて話が出て来て、初音どのがつらい思いをしたのではないかと心配していた」

初音の胸が、ぽっとあたたかくなった。虎之介は、本当にやさしい。

そこへ、先ほどの娘がみたらし団子を運んできた。

「おう、旨《うま》いんだ、これは。千鶴のお墨付きだからな」

「若さまがそう言って評判を広めてくださるから、本当に助かっているんですよ」

娘は、にこにこしながら初音に話しかけた。そしてやはり余計なことは言わず、さがってゆく。

のんびりと、みたらし団子を食べた。

初音は、私との縁談はどうなさるおつもりなのでしょう、と訊いてみたい気持ちを必死に抑えていた。

縁談は、今もまだ進んでいない。これからどうなるのだろう。与三郎のことを口実にして会いに来られるのは、おそらく今日で終わりだ。すべてに決着がついてしまったのだから。

これからも虎之介に会いたい。虎之介と添いたい。

初音はそう思うのだが、虎之介が何を考えているのかは、まったくわからなくて不安だった。

「白屋のお内儀が思っているより、ずーっといいものを作れる気がしてきたわ」

ご機嫌で帰ってゆく花絵を、卯野も笑顔で見送った。

花絵は朝から卯野の住まいを訪れて、昼を過ぎる今までずっと、商いのこれからについて、ああでもないこうでもないと話し合いをしていた。

「あたしの知らない間に、随分と立派な商人におなりですねえ、お嬢さん」

楽しげな声に振り向くと、お蔦が住まいから出て来たところだった。

「こんにちは、お蔦さん」

「はい、こんにちは。お喜美さんと、いろいろやりあっているそうじゃありませんか」

「ええ。でも、私はお話を聞いているだけみたいなものです。やりあっているのは花絵さん。さすが叶屋のお嬢さんだけあって、商才があるんですよ」

花絵を褒めるとき、つい自慢げな声になる自分が、卯野は好きだった。

「あなたもですよ、お嬢さん。髪結いとしても町の者としても、どんどん成長してゆくのね。正直、あなたがここまで変わるとは思っていませんでした」

「私自身、驚いています。まさか、商いをすることになるなんて」

「あたしも何か――新しい何かを始めたくなってきちゃったわ」

「何か、考えていることがおありなのですか」

卯野は、弾んだ声を上げげた。お蔦が何か新しいことを考えているとしたら、それは必ず、卯野の〝きれいなもの好き〟な心を満たしてくれるに違いない。

しかしお蔦は、華やかに笑うだけだった。

「とんでもない、なーんの考えもありゃしませんよ。ただ、代わり映えのしない毎日が続くだけなのに飽きてきちゃっただけ」

そして笑いを納めると、真顔になって言った。

「そういえば、あの瀬戸物屋の火事のとき、お嬢さん、大変だったんですってね」

「ああ、あのとき……」

その話をしようとしたところ、お蔦がふいに、路地の入り口にある木戸へと目をやっ

ろだ。

卯野もそちらを振り向くと、ちょうど里世が木戸をくぐって来るところだ。

「あら、噂《うわさ》をすれば……」

「どうなさったの、お里世さん」

「もちろん、お卯野さんに髪結いをお願いしに来たのよ」

里世は、ひどく大人びた顔で微笑んだ。


あの火事から、五日が過ぎている。

あのとき、里世は「あたしではありません」と否定したにも拘《かかわ》らず、鎮火したのち番所に引っぱっていかれ、同心から調べを受けることになってしまった。

その同心は、確か山本何某《なにがし》といい、卯野の父が気にかけていた男だったと思う。二度ほど、屋敷にやって来た山本と、顔を合わせたことがあるはずだ。

山本のほうは、すっかり町娘の姿になっている卯野に、はじめは気がつきもしなかった。しかし、里世に付き添い離れようとしない卯野にやがて目を留めて、どうも見覚えがあるような——と思ったらしい。そこで卯野が名乗ると、山本は「あっ」という顔になった。

「お里世さんに付き添わせていただけますか」

申し出ると、もちろん渋く顔を歪めたのだが、卯野が断固として退かずにいると、結局は折れてくれたのだった。

卯野は、明け方までかかった取り調べの間、ずっと里世に付き添った。拷問じみた酷《ひど》いことでもされようものなら抗議しようと身構えていたのだが、山本は、穏やかに里世から話を聞き出した。

里世は、とにかく毅然《きぜん》と、

「火を付けたのは、あたしじゃありません」

自分はたまたま現場に居合わせただけだと主張し、現場で拾った犯人の櫛を取り出した。

「白髪まじりの、初老の女でした」

里世は、自分の見た女の特徴を正確に言葉にして伝えた。

山本は、手下の岡《おか》っ引《び》きに何やら指示をし、その男は無言で番所を出てゆく。

その後、しばらくは、ただ待つ時間が続いた。誰も口をきかず、気まずく落ち着かない雰囲気の中、山本がそっと口を開いた。

「浅岡のお嬢さん――、卯野さまでしたな」

「はい」

「兄上のことは本当に――残念なことでした」

曖昧に微笑み、卯野は頷く。山本が、心から兄・周太郎の死を残念に思ってくれていることは伝わってきた。それでもやはりまだ、思い出せば、なぜあんなことに……と、割り切れない思いが胸をよぎり、なかなかそれを消すことができない。

また気まずい沈黙が広がり、結局、岡っ引きが戻って来るまでそのままになってしまった。

随分と待たされて、岡っ引きが戻って来たのは次の朝を迎えようかというころだった。

里世の見た女は、さほど苦労することもなく見つかったという。被害にあった瀬戸物屋の持ち物である長屋に住む女で、家賃を溜《た》め込み、大家への借金もかさみ、どうにも首が回らなくなっていたのだ。思い余って、瀬戸物屋を焼いてしまえばどうにかなると、愚かな行動に出た。櫛を残してしまったこと、里世に顔を見られていたことなどに恐れをなし、簡単に白状したのだった。

卯野と里世は、山本に送られ、夜明けの町を歩いてそれぞれの家に戻った。

その道中でも、やはり皆、無言だった。先に向かったのは宗屋で、店が見えてくるころになると隣を歩いていた里世が突然、卯野の手に触れ、ためらいがちに握ってきた。

「あたしを信じてくれて、ありがとう」

驚いて顔を見ると、里世はちいさな子どものように弱々しく笑う。

「お卯野さんがいてくれて、よかった」

そして手を放し、真っすぐ宗屋へと歩き出した。

山本が声をかけるとすぐ、里世の両親が飛び出してきた。母親のお治は泣き出し、父の伝十郎の目にも涙が滲んでいる。

「お里世の疑いは完全に晴れている」

山本がやさしく言うと、お治は里世を抱きしめ、そのまま地に崩れ落ちた。気づけば卯野の頬にも、もらい泣きの涙があたたかく伝い落ちていた。


里世と会うのは、あれ以来である。

卯野は、しみじみとした気持ちで里世の髪に向かった。

まずは丁寧にほどき、歯の粗い解き櫛で髪全体をほぐしてゆく。

髪を梳《す》くのが、卯野は大好きだ。髪結いの仕事の中で一番とも言えるかもしれない。もつれて荒れた髪が、梳いていくうちに弾力や艶が出て、ひとつにまとまってゆく。それを手で触れながら実感するのが、なんとも幸せで楽しい。

今、卯野と里世はふたりきりだ。八重は気を利かせ、二階に上がっている。

髪結いを始める前に、鏡に向かい、里世はこう言った。

「与三郎に会いに行くの」

それを聞いた卯野は、あからさまに怯《ひる》んでしまった。

あんな火事騒ぎに巻き込まれまでしたのに、まだ与三郎を追いかけようというのか。しかし里世は、くちびるの端を上げるだけの、笑いに似た仕草をしてみせた。

「お別れを言いに行くのよ」

「え……」

「さすがに、もうあきらめた。――あきらめなくちゃいけないと思う。あたしね、お卯野さんにだけ本当のことを言うわ。あたし、あの付け火をした女に助けられたようなものなのよ。あの女が火を付けなければ、きっとあたしがやっていた」

だって、火事になれば与三郎に会えるのよ――そう言い、里世は暗く瞳を陰らせる。

「前に、八百屋お七の話をしたことがあるわよね。お七とあたしの立場はいろいろ違うけど、知らない間に自分を重ねて、あたし、お七に囚われていたみたい。火事になれば与三郎に会える、でもどこにも火事は起こらない、だったら自分で火を付ければ……」

卯野は、言葉もなく里世を見つめた。

「今はもう、ちゃんと我に返っているわよ。心配しないで」

卯野を振り向き、里世はおどけてみせる。

「でもさ、そんなに追いつめられるほど想っても、与三郎は手に入らない。与三郎が何を考えているのか、わからない。あたしを欲しくないわけじゃないと思う。結局、あたしを拒みはしなかったんだから。でも、拒めない自分のことを、与三郎はたぶん憎んでいる。だから、あたしを遠ざけようとしている。あたしから逃げようとしている。あたしを好きでいる自分のことが、与三郎は嫌いなのよ」

「なぜ、与三郎さんはそこまでかたくななのでしょう」

「知らない。何も言わないから」

「それこそ本当に、与三郎さんが宗屋に婿入りすることで、すべては解決するのでしょうに」

「与三郎は、たぶん宗屋を、お父つぁんおっ母さんを、自分の実の父親母親を、何もかもを憎んでいる。もしかしたら、あたしのことも」

「与三郎さん、可哀相《かわいそう》」

卯野は、つい呟いた。すると里世も「そうね」と悲しげに頷いた。

「与三郎は、牢獄《ろうごく》に囚われているようなものだと思う。そして、そこから救い出してあげられるのは、あたしじゃない。もしかしたら、ほら、あの――、きれいなお武家のお嬢さんなのかも……」

誰のことを言っているのか、卯野にはすぐに察しがついた。

「初音さまのことでしょうか」

「お卯野さん、あのお嬢さんを知っているの」

「ええ」

そういえば、里世は初音のことやお梶のことをまだ知らないのだ。卯野が話して聞かせると、里世は目を丸くして驚いた。

「そういうことだったの……」

「初音さまが与三郎さんとどうこうなんてことには、決してなりはしませんよ」

そう言いながら、卯野は、自分の声に少し棘《とげ》があるのを自覚していた。

「あの方は、立派な方との縁談が持ち上がっているところですから」

きつい言い方をしてしまったすぐ後に、自己嫌悪に陥りもする。

初音と虎之介の縁談は、どうなっているのだろう。今日も、花絵に訊きたくて訊きたくて焦《じ》れていたのだが、訊けなかった。訊いて、もしも、正式に話が進み始めているなどという答えが返ってきたりしたら――。そう思うと怖くてたまらなかったのだ。

「そう……、与三郎が、あのお嬢さんには随分とやさしくて素直なように見えたから、特別なひとなのかなって思ってた」

「特別なひとであることに違いはないのでしょうけれど、すべては昔のお話のようです」

「ふうん……」

里世は納得のいかない様子だったが、すぐ笑顔になった。

「与三郎を救えるのがあのお嬢さんであろうがなかろうが、それがあたしでないことだけは確実な話だわ」

　だから、さよならを言いに行く。

　里世は、固く決心しているようだ。

「そのために、あたしを最高にきれいにしてちょうだい」

　そして卯野は、里世の願いを叶《かな》えるべく、ゆだねられた髪に向き合った。

　しっかりと解きほぐし、髪をやわらかくし、前髪や鬢、左右の髪など手早く分けてゆく。

　いつもより鬢を小さめにし、ほんの少しだけ大人びて見えるようにした。娘らしい淡い色の飾りなども挿さない。里世もそのつもりで、鼈甲《べっこう》の飾りや濃いめの色の手絡などを用意してきていた。

　力を込めて結い上げて、髪全体を、きりりと締めてゆく。

「いかがでしょう」

　仕上がると、卯野は手鏡を差し出した。

　里世は、念入りに髪の様子を確かめている。

「ありがとう。これでいいわ」

　里世の笑みは、やわらかでありつつも凄《すご》みがあり、まるで戦の場に赴く兵のようにも思われた。

「いってらっしゃい」

微笑みながら、卯野は鏡の中の里世を見つめた。

「あれから、与三郎さんとお里世さんはどうなったのでしょう」

初音は、亀島橋の真ん中で風に吹かれながら、虎之介を見上げた。

「さあ……、俺は何も聞いちゃいねぇな」

「ふたりとも幸せになれたらいいのだけれど……」

今日こそ虎之介に、ふたりの縁談についてどう思っているのか訊ねてみようと決心して来たのだ。すべてが落ち着いた今、最後にこの橋に立ち、過去のすべてと決別したい
——そう言い、虎之介を誘い出した。

しかし、なかなか言い出せず、違う話ばかりを繰り返している。

「お梶さんは、あれから……」

「それも俺は知らねぇや」

虎之介は、面倒くさそうに眉を寄せた。怒らせてしまったかと慌てたが、すぐにその皺《しわ》は消え、

「知りたければ、卯野に訊いたほうがいい」

虎之介は、楽しげな笑顔になった。

「そうだ、今から訊きに行こうか。あいつ、仕事に出ている時間かな」

言うなり、もう歩き始めている。

「いえ、私はこのあと用事がありますから」

気づくと初音は、そんな嘘をついていた。しかも、随分ときつい口調になっていたことに気づき、自分でも驚いた。

虎之介は振り向き、首をかしげている。

「あの……、ごめんなさい、せっかく誘ってくださったのに」

ちいさな声で、初音は謝る。

「いや、それじゃ仕方ねぇな。俺はこのまま卯野のところに行って、話を聞いて来るよ」

「わかったことを、また教えていただけますか」

「うん」

虎之介が歩き出すので、初音も速足で追いつき、隣に並んだ。

なぜこんな嘘をついてしまったのだろう。これでは、このまま屋敷まで送られて、そこで別れなければならない。卯野の住まいに行けば、もっとずっと一緒にいられたのに。

——今さら悔やんでも仕方ない。

「お卯野さんとは、本当に仲よしでいらっしゃるのですね」

「仲よし――子どもじゃねぇから、そう言われるとなんだか妙だな」

「でも、虎之介さまは、お卯野さんのことをお話になるとき、いつもとても楽しげでいらっしゃいます」

「そうかな」

「はい」

「ふうん。なんだろうな、卯野が髪結いを始めてから、あいつの周りではいろんなことが起きて興味深いし、心配もあるし――うん、いろいろと面白いからかな」

虎之介は、卯野が幼かったころのことを話し始めた。家族ぐるみで親しかった子どもたちの中で、卯野が一番年下で、

「つい、いることを忘れそうになっちまって。あっと思い出して見ると、ぽつんとひとりで遊んでいたりする。可哀相なのと可愛いのと――仕方ねぇなと思って、俺がかまってやることが多かったかな」

懐かしげな虎之介の顔を、初音は見ていたくないと思った。

これは嫉妬だ。虎之介は、卯野を〝妹みたいなもの〟としか見ていないと知っているのに。たくさんのやさしい思い出を虎之介と共有している卯野が妬ましくて、悲しくなってしまう。

初音を屋敷に送り、そのまま卯野のところへ向かうという虎之介を、何かまた嘘をつ

いて引き留めようかと思ったが、初音には、そんな醜いことなどできるわけがない。

「お卯野さんに、よろしくお伝えくださいね」

よく出来た武家の娘らしく微笑み、いとしいひとの背中を見送った。


「おい、卯野」

ちょうど宗屋の前に立ったところだった卯野は、虎之介の声を背後に聞き、ぱっと顔を輝かせながら振り向いた。

神田川のほうから、虎之介がのんびりと歩いてくる。

「どうなさったの、なぜ、こんなところにいらっしゃるんです」

我ながら気恥ずかしくなるほど弾んだ声で訊ねた。ところが、

「うん。初音どのを屋敷まで送ってきた帰りだ」

との答えが返り、これまた我ながら気恥ずかしくなるほど心が沈み、あからさまに顔が曇ってしまったのがわかった。

しかし虎之介は、卯野はいつでも表情も感情も豊かに生きているものと思っているようで、まったく気にせず、

「初音どのなら大丈夫だぞ、今日は、与三郎のことはもう本当に大丈夫だけれども最後に亀島橋に行って自分の気持ちに区切りをつけたいというので、つきあってきたところ

だ」

　などと、頓珍漢《とんちんかん》なことを言っている。卯野が、初音を気づかい顔を曇らせたものと勘違いをしたようだ。

「そうですか」

　ならばと虎之介に調子を合わせ、卯野は神妙に応えた。

「で、おまえはなんだ。また里世の髪結いか」

「はい。今日は珍しく、こちらに呼んでいただいたんです」

「与三郎のことも決着がついたし、もう恋を叶える髪結いを呼んでも支障なし、てとこか」

「そういうことなのでしょうね」

　卯野は、寂しく思いつつ頷いた。

「じゃあ、邪魔はできねぇな」

「あら、なんのお邪魔ですか」

「初音どのが、里世のことやお梶のことなんかを気にしていたから、じゃあ卯野に訊けばわかるだろうと、おまえを訪ねていくところだったんだ」

「まあ」

　卯野は慌てた。仕事なら帰る、と言われてしまったら大変だ。

「でしたら、先にうちに——、今日も母はおりますから、虎之介さまがいらしてくださったら母もとても喜びますから」

しどろもどろに誘う卯野に、虎之介は大笑いした。

「なにを慌てているんだ、おまえ」

「だって、虎之介さま、このまま帰ってしまうかと思ったから」

「うん、おまえが仕事なら帰ろうかと思ったが、八重どのにご挨拶にうかがうのもいいな」

「じゃ、お里世さんをうんときれいにして差し上げたら、私もすぐに帰ります」

「おい、いいかげんな仕事はするなよ」

「もちろんです」

胸を張り、では——虎之介に一旦、別れを告げようとしたちょうどそのときだ。

宗屋の店から、里世の母・お治が飛び出してきた。それを追うように、父の伝十郎も走り出てくる。ふたりは、店先にいる卯野に気づくと足を止めた。

「お卯野さん……」

「こんにちは。あの……」

「なぜ、お卯野さんがいらっしゃるんです」

「お里世さんから髪結いを頼まれまして」

「そんなこと、聞いていませんよ」

「え、でも」

卯野は首をかしげた。すると、お治の顔色がみるみる変わり、目尻が恐ろしげにつり上がったので驚いてしまった。

「まさか」

唸るように、お治は言う。

「お卯野さん、あなた、里世に手を貸したのではないでしょうね」

「手を貸す……」

「とぼけないでくださいな。あなたが駆け落ちに手を貸したんでしょう」

「駆け落ちって」

「知らんぷりなんてしないでくださいよ。あなたなんでしょう、ああもう、あの子にこんな髪結いさんなんか近づけるんじゃなかった」

お治は、今にも卯野に摑みかからんばかりに激昂《げっこう》している。

す、と虎之介が卯野の前に出た。

「誰が誰と駆け落ちしたのだかは知らんが、卯野はなんの関わりもないよ」

虎之介の背に小柄な卯野はすっかり隠れてしまい、お治の姿が見えなくなり、ほっとした。顔を出すのは怖かったので、隠れたまま、卯野は虎之介にすべてをまかせることとにした。

「とぼけないでくださいな。里世ですよ。里世と、与三郎」

「そのふたりが、なんだ……」

「ふたりが駆け落ちしたんです。ご存知だったのでしょう、しらじらしく驚いたりしないで」

「与三郎と里世が」

目を見張り、呟きながら、虎之介は卯野を振り向いた。卯野もおなじくまんまるになった目を、虎之介に合わせる。

「駆け落ち……」

卯野は虎之介の陰から飛び出した。

「そんなはずありません。お里世さん、先日、私のところにいらっしゃって与三郎さんにお別れを言いに行くんだっておっしゃってましたもの」

卯野の言葉の勢いに、お治は鼻白んだようだ。ぷいと横を向き、口を閉じた。

「お治、下がっていなさい」

伝十郎が冷静に言うと、お治は素直にしたがった。

「一体どういうことなんだ」

訊ねる虎之介に、伝十郎が答える。

「今朝《けさ》、里世がなかなか起きてこないというので女中が起こしに行ったところ、床の中がからっぽだったのです」

「また、どこぞの友だちのところにでも泊まり込んで、与三郎と別れた傷を癒《いや》しているんじゃねぇのか」

「まずは私どももそう思いました。ところが、どこにもいない。まさかと思いつつ、与三郎を捜したら、こちらもいない。まさかまさかと思っていたら、見知らぬ子どもが文を届けに来たのです」

里世からの文だった。書かれていたのは、たったの一行。

『与三郎と共にまいります』

どこへ、とは書かれていない。本当に、その一行だけだったのだという。

「なぜ……」

卯野は絶句した。

里世はあの日、確かな決意と共に卯野に髪をゆだねたのだ。それがなぜ、こんなことになってしまったのだろう。

「別れるつもりで与三郎を訪ねたのに、結局、ふたりの気持ちに火が付いて寄り添うことになってしまったのかもしれない」

お治が言い、肩を落とした。

卯野にも虎之介にも、宗屋の主夫妻にかける言葉はなかった。

これからふたりは番所に向かい、追手を差し向けるための助けをもらえるかどうか相談するのだという。

客である里世がいないのなら、この仕事はなくなってしまったということだ。邪魔にならぬよう、卯野はこのまま帰ることにした。そのころにはお治も落ち着き、あらぬ疑いをかけてしまったこと、食って掛かってしまったことを謝ってくれた。お治の気持ちはわからないでもない。卯野は微笑んで許し、

「お里世さんのゆくえが、早くわかるといいのですけれど」

と気づかいの言葉を添え、夫妻を見送った。


虎之介と肩を並べ、呉服町の長屋へと戻る。

しばらくは呆然としたままで、卯野は黙りこくっていた。虎之介も何も言わない。

「なぜ、今日、お里世さんは私を呼んだのでしょう」

しばらくのち、卯野はぽつんと呟いた。

駆け落ちは、おそらく念入りに計画を立てた上でのことだろう。だとしたら、自分はもう姿を消しているとわかっているときに卯野を呼ぶというのは不可解だ。今日の髪結いをお治は知らなかったのだから、両親を欺くためのこととは思われない。

「おまえに、駆け落ちのことを知らせようと思ったのかな」

「どういう意味でしょう」

「どこかから伝わるのではなく、今日、すぐに、おまえがこのことを知れるように手配したつもりなのかもしれない」

「私が宗屋さんに出掛ければ、わかるから、と……」

「うん。里世はおまえを、それだけ大事に思ってくれていたということなのだろう」

ふいに泣きたくなってきた。

里世のその気持ちが嬉しい。しかし、これからふたりがどうなるのかと思うと心配でたまらなく、つらい。里世の想いが与三郎に通じたことが嬉しい。しかしやはり、ふたりのこれからが……。

複雑な気持ちが、涙になってあふれた。

虎之介は、卯野が黙って泣いているのへ、労《いた》わるようなまなざしをくれた。そのあとは、自分も静かに歩いている。やがて、卯野が落ち着いたのを見て取ると、さらりと言った。

「与三郎はまた、なぜ、里世と駆け落ちしようなどと思ったのかな。あれほど拒んでいたのに」

「本当に」

「里世のほうから別れを言われて、戸惑ったのかもしれねぇな。拒んでも傷つけても一生、里世は与三郎を想い、追い続けてくると思っていたんだろう。男のばかなところだな」

「お里世さんが遠ざかったから今度は与三郎さんが追いかけて——ということかしら」

「愚かなふたりだ」

「でも、逃れられない定めみたいなもので結びつけられて、離れられないふたりのようにも思います」

「どっちも、違う相手とのほうが幸せになれそうな気がするぞ」

「わかりませんよ、そんなこと」

「そうかな。どこへ向かったのかは知らねぇが、碌《ろく》なところじゃねぇだろう。お嬢さん育ちの里世に我慢できるかどうか」

「できるかもしれません」

むきになる卯野を、面白そうに虎之介は見た。

「ま、そうかもしれねぇな」

そして、また黙々と歩き続ける。

変わらぬにぎわいの日本橋界隈を抜けてゆく。周りを見ずに走ってゆく無礼な男にぶつかりそうになると、虎之介が自然に、ひょいと卯野の肩を引き寄せた。

「あぷねぇな、まったく」

そのまま肩に触れていてほしい。卯野はそう願うのだが、その手はすぐに離れてしまう。

「虎之介さま、あの……」

どきどきと胸を轟《とどろ》かせながら、卯野は言った。

今、ここで訊かなければならない。逃げていてはいけない。

「なんだ」

「あの、初音さまのことです」

「初音どのか――なんだ」

「縁談です」

早口で、その言葉を口にする。言ってしまうと、すこし気持ちが落ち着いた。

「おふたりの縁談。結局、どうなっているのでしょう」

「ああ、あれか」

答えを待つ間、卯野は気分が悪くなりかけていた。胸で轟いているものが、今にも口から飛び出してきそうだ。やがて、

「あれは、断ることにした」

虎之介は、あっさりと言った。

あまりにも簡単な答えすぎて、卯野は逆に戸惑ってしまった。

「断るって……」

「婿入りするのも悪くはないと思ったんだがな、何か違うような気もして」

「でも虎之介さまは、初音さまのことをとてもとても気に入っていらっしゃるように見えました」

「うん。いい娘さんだな、初音どのは」

「でしたら」

「いや、ふと思ったんだ。周太郎が亡くなったとき、俺が浅岡家に婿入りするという考えもあったのだな——と」

「え、なんですって」

「だから、俺がおまえの婿になって浅岡家を継ぐということもできただろう」

卯野は、ぽかんと口を開けた。

それは考えてみたこともなかった。当時はまだ、虎之介をこんなふうに意識していなかったためでもあるが、言われてみればその通りだ。あのとき、そんな考えが誰かの頭に浮かんでいたら……。

「俺と卯野が夫婦になる——まあ、ちょっと笑っちまうがな」

「え、笑いますか」

つい、卯野は憤慨した。

「私では、虎之介さまの妻は務まりませんか」

「おい、なんで怒るんだ」

「失礼です」

泣きたいのか笑いたいのか悔やみたいのか、複雑な気持ちに、ただ戸惑い、卯野はつい怒ってしまった。

「悪かった、悪かった」

のらりくらりと、虎之介は悪びれる様子もない。

「おい、こんな手もあるぞ」

「なんでしょう」

卯野は、ふくれながら訊ねた。

「髪結いの亭主」

女髪結いを女房に持つと、その稼ぎだけで暮らしてゆける――そう思われているところから、女房のヒモのように生きている亭主をそう呼ぶのだ。

虎之介は、にやにや笑っていた。

「いいよな、おまえの稼ぎで遊んで暮らす。花絵との商いもうまくいけば、俺はその稼ぎで遊び放題だ」

「くだらない」

卯野が吐き捨てるように言うと、虎之介はさらに楽しげな笑い声を上げた。

「いいじゃねぇか。俺は冷や飯食いの次男坊。自由の身なんだ。おまえとおなじように町の者になることもできるんだよな」

確かにその通りだ。

髪結いの亭主になったらああしよう、こうしよう――虎之介は楽しげに話し続ける。

本気のようには聞こえなかった。卯野をからかっているだけだ。

それでも卯野は嬉しく、楽しい気持ちになってきた。

そんな未来が、本当に来るかもしれない。この想いは、叶うかもしれない恋なのだ。

「もしも虎之介さまが私の旦那さまになったとしたら、遊ぶお金なんてあげませんよ」

「おいおいケチを言うなよ」

「だめ。私の稼ぎで遊ぼうなんて、許せるものですか」

軽口を叩き合いながら歩く。

ふたりで歩くことのできる道が、どこまで、いつまで続いているのかはわからない。

このままでいられますようにと卯野は心からの願いを掛ける。

すれ違った母と娘のふたり連れが、花見の話をしていた。

「そうか、もうそんな時期になるのか。そのうち、桜餅《さくらもち》でも食いに行くか」

「はい」

卯野は元気に返事をする。

まだまだ寒いとふるえていたように思うのだが、いつの間にか江戸の町は、春めいてきていたようだ。

解説

末國善己

時代小説は不思議なジャンルで、一般的な時代区分でいえば明治以前を舞台にしていれば、誰が書いても時代小説になる。そのため谷崎潤一郎『武州公秘話』、石川淳『至福千年』のように、時代小説を書いたとの印象がない純文学作家にも、時代小説の名作が多いのである。ミステリの舞台を江戸に移せば捕物帳になるので、岡本綺堂《きどう》、横溝正史、松本清張など、現代ミステリと捕物帳の両方を手がけた作家も珍しくないのだ。

これは書かれた時期によって、少年小説、少女小説、ジュニア小説、ヤングアダルト、ライトノベルなどと呼ばれた若者向けの作品も同じである。平安時代の貴族社会を舞台にした氷室冴子の傑作『なんて素敵にジャパネスク』などは、時代小説と意識せず読んだ読者も多いのではないか。時代小説には魅力的なヒーロー、ヒロインが不可欠で、武術の達人たちが派手なアクションを繰り広げても、主人公が国家規模の陰謀に巻き込まれても、身分違いの恋、すれ違ってばかりの恋人を使ったせつない恋愛を描いても必然性が出せるので、時代小説と若者向けの文芸は親和性が高いのかもしれない。

それもあってか、近年、若者向けレーベルで時代小説を書いた経験がある須賀しのぶ、阿部暁子、岡篠名桜、瀬川貴次らが、続々と大人向けの時代小説に参入している。集英社コバルト文庫で、戦国時代にタイムスリップした女子高生が、ある姫の身代わりとして織田信長に嫁ぐ〈きっと〉シリーズ、恋を軸に鎌倉時代の歴史を切り取った〈鎌倉盛衰記〉シリーズなどを書いた倉本由布も、その一人である。

ここで著者の初の大人向けの時代小説となった〈むすめ髪結い夢暦〉シリーズの内容を、物語の舞台となる江戸後期の社会背景を踏まえながら紹介していきたい。

主人公の卯野は、代々、江戸北町奉行所の吟味方与力を務める浅岡家に生まれ、第一弾『ゆめ結び』に初登場した時は十六歳。卯野は二年前に父を亡くし、兄の周太郎が当主となっている。江戸時代の武家は、当主が死ぬと嫡男(原則は長男だが、身持ちが悪く長男が廃嫡され次男が選ばれる、家を継ぎたくない長男が隠居して弟に譲るなどのケースもあった)が父親の役職や財産をすべて受け継ぐ単独相続が基本だった。浅岡家に次男、三男はいないが、もし周太郎に弟がいたら、他家に養子に行かない限り結婚も就職もできないため「冷や飯食い」と呼ばれ冷遇されただろう。卯野の幼馴染《おさなな　じ》みの虎之介が自嘲気味に「冷や飯食いの次男坊」というのは、子どものいない武井家の養子になるも、後に養父母に実子が生まれたため相続権を持つ嫡男の立場を降りたからである。

幼い頃から髪を結うのが好きで髪結いの研究もしていた卯野は、いつも兄嫁の千世の髪を結ってあげていた。そんな千世が、ある日、江戸市中でも評判の女髪結いのお蔦を呼んだ。卯野は、初めて見るプロの技に魅せられてしまう。

　だが浅岡家の平穏な日常は、つけ火（放火）の現場から周太郎の紙入れが見つかり、犯人との疑惑をかけられたことで一変する。奉行所は、周太郎がつけ火をするような男ではないと知っているが、なかなか真犯人が捕まえられないことから、周太郎を三十日の押込（自宅を閉鎖して閉じ込める謹慎刑）に処して責任を押し付けてしまう。三十日が経《た》てば周太郎は仕事に復帰できるはずだったが、潔白を証明するため切腹した。

　武家は、家を相続すべき嫡男がいないとお家断絶となる。江戸初期は、嫡男がいないためお家断絶になった大名や有力な旗本もいたが、卯野が生きている天保の頃はルールがゆるくなっており、条件付きで当主が危篤時に養子を迎える末期養子も認められていた。娘の卯野がいる浅岡家には、婿を取る選択肢もあったが、母の八重は浅岡家を終わりにするという。千世は実家に戻り、卯野と八重は町人として生きることになる。

　江戸にある武家屋敷は幕府から借りているだけなので、士籍（武士としての身分）を離れると出ていかなければならない。卯野と八重は、近所に住む飯島家が敷地内に建てた借家に移り住み、卯野は、虎之介の実家である武井家で奉公を始める。

　そこで卯野は、袋物（印籠、巾着、紙入れなど物入れの総称）を商う大店・叶屋の娘・花絵と出会う。江戸の商家は、娘を武家屋敷に奉公に出すことも珍しくなかった。

武家で奉公すると家事や行儀作法が学べるため、結婚する時の箔付《はくづ》けになったようだ。花絵もそんな町娘の一人だが、シリーズ第二弾『迷い子の櫛《くし》』になると、叶屋の複雑な家の事情で奉公に出たことが分かってくる。美人でわがままという典型的なお嬢様気質の花絵は、美しい袋物を商う家で育ったことで身につけた美意識と商才で、卯野の友人にして、商売をサポートする相談相手になっていく。

『ゆめ結び』では、結婚して生活の安定を手に入れる道もあった卯野が、お蔦の勧めもあり女髪結いになり、趣味を仕事にしたことに戸惑ったり、兄を切腹に追い込んだつけ火の真相を探ったりしながら成長する姿が描かれた。続く『迷い子の櫛』では、ある事情で、日本橋呉服町にある二階建ての長屋に転居した卯野が、花絵の発案で「髪を結ってもらうと恋が叶《かな》う」髪結いとして、客と接することになる。花絵の紹介で商家の娘たちの髪も結うようになった卯野は、様々な恋愛模様に巻き込まれることになる。

第三弾の本書『夢に会えたら』は、これまで他人の恋を応援する側だった卯野が自分の恋と向き合い、花絵と組んで新たなビジネスに乗り出すので、恋愛小説としても、お仕事小説としても、シリーズのターニングポイントといえる作品になっている。

物語は、十七歳になった卯野が、一歳下の青物問屋の娘・里世の髪を結う場面から始まる。「お江戸の娘たちの恋を叶える」との噂《うわさ》を聞いて卯野を呼んだ里世は、美男子と評判の町火消よ組の纏持《まといも》ち与三郎に恋をしていて、その成就を願っているらしい。

危険をかえりみず江戸の人たちを火事から守る町火消の頭《かしら》は、屋敷に髪結いを呼んで町人風の独特の髷《まげ》（これは探索時に町人に変装する必要があるためとされる）を結わせ、粋な身なりで町を歩く与力、肉体美を誇る江戸時代では数少ないプロスポーツ選手であり、実入りも金払いも良かった力士と並び、女性に人気の〝江戸の三男〟と呼ばれていた。与三郎は頭ではないが、よく浮世絵などの題材にもなった火消の花形の纏持ち。里世を始めとする江戸の女性たちが、与三郎に熱狂するのは当然のことなのである。

里世は、自分を八百屋お七に重ねている。お七は実在の人物で、つけ火をして、天和三（一六八三）年に処刑されたが、動機などは信頼できる史料には記されていない。お七は、火事で焼け出された避難先の寺で寺小姓と恋に落ち、再び火事になれば恋人に会えると考えつけ火をしたとされる。本書でも紹介されているこのエピソードは、お七を取り上げた最初期の作品の一つ井原西鶴『好色五人女』巻四「恋草からげし八百屋物語」、お七が櫓《やぐら》に登って半鐘を打つ定番の場面を作った菅専助らの合作狂言『伊達娘《だてむすめ》恋緋鹿子《こいのひがのこ》』などで広まったフィクションである。お七の恋人の名を吉三郎とした西鶴「恋草からげし八百屋物語」以降、浄瑠璃や歌舞伎でも吉三郎が使われるようになる。里世が恋い焦がれる相手が与三郎なのは、吉三郎を意識した設定と思われる。

里世は「お七の真似《まね》をしようなんて思ってはいません」と口にするが、現代のストーカーを見ても分かるように、恋愛感情は時に人の理性を奪い暴走させる。どんな手段を使ってでも与三郎との恋を成就させたいとの情念を募らせる里世は、与三郎に会うためにお七のようにつけ火をしてしまうのか？　著者は、お七の物語を本歌取りしながらスリリングな展開を作っているので、一気に引き込まれてしまうだろう。

　同じ頃、卯野と花絵は、叶屋から出た端ぎれで作った手絡《てがら》（髷の根元にかける飾り用の布）を「娘たちの恋を叶える髪結い」が使う「恋の叶う手絡」として売り出そうとしていた。手絡は端ぎれをパッチワークのように繋《つな》いで作るのだが、どんな文様の組み合わせがいいのか。誰が縫製を担当するのか。卯野が客に売るだけでは利益が少ないので店に置いてもらう必要があるが、どのような店に卸せばいいのか。実績のない卯野たちの手絡を扱ってくれる店があるのか。卯野と花絵が、こうした問題点を一つ一つクリアしていくところはビジネス小説としても面白い。特に叶屋に敵愾心《てきがいしん》を抱き、商売で成功して見返してやりたいと仕事に邁進《まいしん》する花絵の情熱は、女性経営者そのものといえる。

　手絡の製造販売の計画を進める卯野は、一緒にいると楽しい、胸にあたたかみが浮かぶ虎之介への恋心を自覚していた。恋をしたことで毎日が輝くようになった卯野は、恋を叶えるために自分を呼んでくれた客に、本当の意味で寄り添えるようになったことにも喜びを感じるようになる。シリーズを最初から読み、卯野と虎之介の煮え切らない態度にやきもきしていた方は、ようやく決着が付いたことにホッとするかもしれないが、二人の間に大きな障壁が立ちはだかり、再び先行きが見通せなくなっていくのである。

その虎之介は、大番組与力の娘・松原初音から奇妙な話を聞く。初音は子どもの頃、三十くらいの女が、亀島橋の上から男の子を落とすのを見た。だが子どもの死体が見つかったという話も、誰かの子どもがいなくなったとの話も出なかったという。

男の子が橋の上から落とされたまま消えたという怪談めいた話は、やがて無関係に思えたエピソードと結び付き錯綜《さくそう》する因果のドラマを浮かび上がらせていく。本書の舞台となっている天保時代に刊行された為永春水『春色梅児誉美《しゅんしょくうめごよみ》』に代表される江戸の人情本は、生き別れた親子、兄弟（姉妹）がそれとは知らないまま出会いと別れを繰り返す入り組んだ物語を作り、思うにまかせぬ恋心、複雑な人間心理を掘り上げ、尾崎紅葉ら日本の近代文学者にも影響を与えた。本書で描かれるもつれにもつれる恋愛模様や、愛憎渦巻く家族のドラマが奥深く真に迫ってくるのは、かつて日本人の心を揺さぶった人情本の伝統を踏まえつつも、その中に現代人が魅力的に思えるキャラクターを置き、共感できる物語を織り込んでみせたからなのである。

本書は、里世の恋も、卯野の恋も思い通りにならず、手絡の販売も第一線で働く商売人たちに次々とダメ出しされるなどせつない展開も多い。こうした苦しい状況を持ち前の明るさと仕事への情熱で乗り越えようとする卯野のバイタリティは、昔も今も変わらない恋の悩み、仕事の苦労を抱えている読者へのエールになっているのである。

これまで〈むすめ髪結い夢暦〉シリーズは、恋を叶える髪結いとして売り出した卯野が恋愛をめぐる騒動に巻き込まれていったが、本書では、自分自身が恋をし、手絡の販売を成功させるという夢を持ったことで、卯野が人を前向きな気分にさせる恋と夢を同じものと考えるようになる。『夢に会えたら』のタイトルそのままに、恋だけでなく、誰かの夢も叶えるという新たな目標を見つけた卯野が、これからどんな活躍をするのか。続編の刊行を楽しみに待ちたい。

（すえくに・よしみ　文芸評論家）

本書は、集英社文庫のために書き下ろされた作品です。

集英社文庫　目録（日本文学）

雲田康夫	豆腐バカ 世界に挑み続けた20年
倉本由布	ゆめ結び むすめ髪結い夢暦
倉本由布	迷い子の櫛 むすめ髪結い夢暦
倉本由布	夢に会えたら むすめ髪結い夢暦
栗田有起	ハミザベス
栗田有起	お縫い子テルミー
栗田有起	オテルモル
栗田有起	マルコの夢
黒岩重吾	黒岩重吾のどかんたれ人生塾
黒川祥子	誕生日を知らない女の子 虐待——その後の子どもたち
黒木瞳	母の言い訳
桑田真澄	挑む力 桑田真澄の生き方
桑原水菜	箱根たんでむ 駕籠かきゼンワビ疾駆帖
源氏鶏太	英語屋さん
見城徹	編集者という病い
小池真理子	恋人と逢わない夜に
小池真理子	いとしき男《アダム》たちよ
小池真理子	あなたから逃れられない
小池真理子	悪女と呼ばれた女たち
小池真理子	双面の天使
小池真理子	無伴奏
小池真理子	妻の女友達
小池真理子	ナルキッソスの鏡
小池真理子	倒錯の庭
小池真理子	危険な食卓
小池真理子	怪しい隣人
小池真理子	律子慕情
小池真理子	短篇セレクション サイコ・サスペンス篇I 会いたかった人
小池真理子	短篇セレクション 官能篇 ひぐらし荘の女主人
小池真理子	短篇セレクション ミステリー篇 泣かない女
小池真理子	短篇セレクション ノスタルジー篇 夢のかたみ
小池真理子	肉体のファンタジア
小池真理子	柩《ひつぎ》の中の猫
小池真理子	夜の寝覚め
小池真理子	瑠璃の海
小池真理子	虹の彼方
小池真理子	午後の音楽
小池真理子	熱い風
小池真理子	律子慕情
小池真理子	怪談
小池真理子	夜は満ちる
小池真理子	水無月の墓
小泉喜美子	弁護側の証人
河野美代子	新版 さらば、悲しみの性 高校生の性を考える
河野美代子 永田由紀子	初めてのSEX あなたの愛を伝えるために
古沢良太	小説版 スキャナー 記憶のカケラをよむ男
五條瑛	プラチナ・ビーズ
五條瑛	スリー・アゲーツ

集英社文庫　目録（日本文学）

小杉健治　絆
小杉健治　二重裁判
小杉健治　最終鑑定
小杉健治　検察者
小杉健治　宿敵
小杉健治　それぞれの断崖
小杉健治　水無川
小杉健治　黙秘　裁判員裁判
小杉健治　疑惑　裁判員裁判
小杉健治　覚悟
小杉健治　質屋藤十郎隠御用
小杉健治　冤罪
小杉健治　からくり箱　質屋藤十郎隠御用二
小杉健治　贖罪
小杉健治　赤姫心中　質屋藤十郎隠御用三
小杉健治　鎮魂

小杉健治　恋飛脚　質屋藤十郎隠御用四
小杉健治　失踪
小杉健治　観音さまの茶碗　質屋藤十郎隠御用五
小杉健治　逆転
小杉健治　質草の誓い　質屋藤十郎隠御用六
小杉健治　最期
古処誠二　ルール
古処誠二　七月七日
児玉清　負けるのは美しく
児玉清　人生とは勇気　児玉清からあなたへラストメッセージ
小林エリカ　マダム・キュリーと朝食を
小林紀晴　写真学生
小林信彦　萩本欽一　小林信彦 萩本欽一 ふたりの笑タイム
小林弘幸　読むだけ スッキリ！ 今日からはじめる 快便生活
小松左京　明烏《あけがらす》落語小説傑作集
小森陽一　DOG×POLICE　警視庁警備部警備第二課装備第四係

小森陽一　天神
小森陽一　音速の鷲
小森陽一　イーグルネスト
小森陽一　オズの世界
小森陽一　風招《お》きの空士　天神外伝
小森陽一　ブルズアイ
小山明子　パパはマイナス50点
小山勝清　それからの武蔵　(一)(二)(三)(四)(五)(六)
今東光　毒舌・仏教入門
今東光　毒舌　身の上相談
今野敏　惣《そう》角《かく》流《る》浪《ろう》
今野敏　山嵐
今野敏　琉球空手、ばか一代
今野敏　スクープ
今野敏　義珍の拳
今野敏　闘神伝説Ⅰ〜Ⅳ

集英社文庫

夢《ゆめ》に会《あ》えたら　むすめ髪《かみ》結《ゆ》い夢暦《ゆめごよみ》

2018年10月25日　第1刷　　定価はカバーに表示してあります。

著　者　倉本由布《くらもとゆう》

発行者　徳永　真

発行所　株式会社　集英社
東京都千代田区一ツ橋2-5-10　〒101-8050
電話　【編集部】03-3230-6095
【読者係】03-3230-6080
【販売部】03-3230-6393（書店専用）

印　刷　凸版印刷株式会社

製　本　加藤製本株式会社

フォーマットデザイン　アリヤマデザインストア　　マークデザイン　居山浩二

ISBN978-4-08-745805-3 C0193